A senhorita de Scuderi

fanfarrões, libertinas & outros heróis
ORGANIZAÇÃO DE MARCELO BACKES

E. T. A. HOFFMANN

A senhorita de Scuderi

Uma narrativa da época de Luís XIV

novela
1820

Tradução, posfácio e glossário de MARCELO BACKES

1ª edição

CIVILIZAÇÃO BRASILEIRA

Rio de Janeiro
2011

TÍTULO ORIGINAL
Das Fräulein von Scuderi: Erzählung aus dem Zeitalter Ludwig des Vierzehnten

PROJETO GRÁFICO E DIAGRAMAÇÃO DE MIOLO
Editoriarte

CIP-BRASIL. CATALOGAÇÃO-NA-FONTE
SINDICATO NACIONAL DOS EDITORES DE LIVROS, RJ

H648s

Hoffmann, E. T. A. (Ernst Theodor Amadeus), 1776-1822
A senhorita de Scuderi: uma narrativa da época de Luís XIV: novela, 1820/ E.T.A. Hoffmann; tradução, posfácio, glossário e organização [da série] Marcelo Backes. — 1ª ed. — Rio de Janeiro: Civilização Brasileira, 2011.

(Fanfarrões, libertinas & outros heróis)

Tradução de: *Das Fräulein von Scuderi : Erzählung aus dem Zeitalter Ludwig des Vierzehnten*
ISBN 978-85-200-1001-3

1. Ficção alemã. I. Backes, Marcelo. II. Título. III. Série.

CDD: 833
CDU: 821.112.2-3

10-5170

Texto revisado segundo o novo Acordo Ortográfico da Língua Portuguesa.

Direitos desta tradução adquiridos pela
EDITORA CIVILIZAÇÃO BRASILEIRA
Um selo da
EDITORA JOSÉ OLYMPIO LTDA.
Rua Argentina 171 — 20921-380 — Rio de Janeiro, RJ — Tel.: 2585-2000

Impresso no Brasil
2011

NA RUA DE SAINT HONORÉ FICAVA A PEQUENA CASA EM QUE habitava Magdeleine de Scuderi, conhecida por seus versos graciosos e pelos favores de Luís XIV e da marquesa de Maintenon.

Bem tarde, por volta da meia-noite — ao que parece, no outono de 1680 —, alguém bateu rude e violentamente na porta da referida casa, a ponto de o eco se espalhar, alto, por todo o corredor. Baptiste, que fazia ao mesmo tempo as vezes de cozinheiro, criado e porteiro na casa da senhorita de Scuderi, havia partido ao campo, com a permissão de sua ama, para o casamento da irmã; e assim se deu que a Martiniere, camareira da senhorita, era a única a estar guardando a casa.

A Martiniere ouviu as batidas se repetirem e lembrou que Baptiste partira, e que ela ficara sozinha em casa com a senhorita, sem qualquer proteção. Logo lhe ocorreram todo tipo de delitos, desde assalto a roubo e morte, conforme eram praticados na época em Paris, e ela teve certeza de que algum bando de meliantes, sabedor da solidão da casa, esbravejava lá fora e, ao entrar, por certo pretendia fazer algo de ruim contra sua senhorita. Sendo assim, ficou em seu quarto, tremendo e hesitando, e ao mesmo tempo amaldiçoando Baptiste, a irmã e seu casamento.

Enquanto isso, o estrondo das batidas continuava, e parecia à Martiniere que uma voz gritava nos intervalos:

— Oh, abri a porta, em nome de Cristo, peço-vos, abri a porta!

Por fim, sentindo o medo aumentar, a Martiniere pegou o candelabro com a vela ainda acesa e foi às pressas até o corredor. Foi então que ouviu com toda a nitidez a voz daquele que batia:

— Abri a porta, peço-vos, em nome de Cristo, abri a porta!

"De fato", pensou a Martiniere, "um assaltante não falaria desse jeito; talvez seja alguém que está sendo perseguido e que procura refúgio na casa de minha senhorita, que sei inclinada a todo tipo de boa ação. Mas sejamos cautelosos!"

Ela abriu uma janela e gritou para baixo, esforçando-se em dar à sua voz rouca o máximo de masculinidade que lhe era possível, perguntando quem esbravejava assim à porta da casa, tão tarde da noite, acordando todo mundo. No clarão da lua, que acabava de romper a barreira escura das nuvens, logrou vislumbrar uma figura alta, envolvida em um sobretudo cinza-claro, que apertara o chapéu de abas largas bem fundo na cabeça, a ponto de quase cobrir os olhos. Então ela gritou a plenos pulmões, de modo que aquele que estava lá embaixo pudesse ouvir:

— Baptiste, Claude, Pierre, levantem-se e deem uma olhada lá embaixo para ver quem é o joão-ninguém que está querendo derrubar a porta da casa!

Mas então uma voz suave, quase queixosa, soou lá embaixo:

— Ah, a Martiniere, eu sei que estais aí, cara senhora, por mais que tenteis disfarçar vossa voz, e também sei que Baptiste foi ao campo e que vós vos encontrais sozinha em casa com vossa ama. Mas podeis me abrir sem receio, não há absolutamente nada a temer. Eu preciso apenas falar com vossa senhorita, e neste mesmo instante.

— O que estais pensando — replicou a Martiniere —, quereis falar com minha senhorita assim, no meio da noite? Por acaso não sabeis que ela já está dormindo há tempo, e que não a acordarei de jeito nenhum de seu primeiro e doce cochilo, do qual ela, aliás, precisa na fase da vida em que se encontra?

— Eu sei — disse aquele que estava embaixo —, eu sei que vossa senhorita acaba de botar de lado o manuscrito de seu romance chamado *Clélia*, no qual trabalha incansavelmente, e que agora ainda está anotando alguns versos, que pretende ler amanhã na casa da marquesa de Maintenon. Eu vos imploro, senhora Martiniere, para serdes clemente e abrirdes a porta para mim. Disso depende salvar um infeliz da perdição. A honra, a liberdade e até mesmo a vida de uma pessoa dependem desse instante em que preciso falar com vossa senhorita. E pensai também que a cólera de vossa senhorita pesará eternamente sobre vós, caso ela fique sabendo que fostes vós e vosso coração duro que expulsaram da porta o infeliz que veio implorar a ajuda da senhorita.

— Mas por que vós invocais a compaixão de minha senhorita a essa hora incomum? Voltai amanhã, em tempo melhor — foi o que disse a Martiniere, dirigindo-se ao homem lá embaixo.

Ele replicou, todavia:

— Por acaso o destino se importa com o tempo e a hora em que se abate, aniquilador como o raio mortal? A ajuda pode ser adiada quando a salvação se faz possível apenas em determinado instante? Abri a porta para mim, nada há a temer de um miserável que, desprotegido, abandonado pelo mundo inteiro, perseguido, acossado por um fado monstruoso, quer implorar a vossa senhorita que o salve de um perigo ameaçador!

A Martiniere percebeu como aquele que estava embaixo gemeu e soluçou de tanta dor ao dizer essas palavras. Ao mesmo tempo, o tom de sua voz era o de um adolescente, suave, que penetrava profundamente no peito. Ela se sentiu comovida no mais íntimo de seu ser e, sem perder mais tempo em reflexões, foi buscar a chave.

Mal ela havia aberto a porta, a figura envolvida no sobretudo forçou passagem com ímpeto e gritou ao corredor, passando ao lado da Martiniere, em voz furibunda:

— Levai-me até vossa senhorita!

Assustada, a Martiniere ergueu o candelabro ao alto e o clarão da vela caiu sobre um semblante jovem, pálido como a morte e terrivelmente desfigurado. De susto, a Martiniere quase teria caído ao chão quando a criatura abriu seu sobretudo e o cabo reluzente de um estilete se destacou no peitilho. A criatura lançou relâmpagos com seus olhos faiscantes e gritou, de forma ainda mais furibunda do que antes:

— Levai-me até vossa senhorita, é o que vos ordeno!

Eis que a Martiniere via sua senhorita em perigo iminente, e todo o amor à sua ama, como qual ela ao mesmo tempo estimava à mãe devota e fiel, chamejou mais forte em seu interior e fez nascer uma coragem que por certo ela mesma não julgava ser capaz de ter. Às pressas, fechou a porta de seu aposento, que deixara aberta, foi até a frente da mesma e falou com firmeza e decisão:

— De fato, vossa conduta alucinada aqui dentro de casa não tem mesmo absolutamente nada a ver com as palavras queixosas que dissestes lá fora, e que, conforme agora percebo, despertaram minha compaixão na hora errada. Com minha senhorita não deveis e não ireis falar agora. Caso não tiverdes nenhuma má intenção em mente, não deveis temer o dia, e portanto vinde amanhã de novo a fim de apresentar vosso pedido! E agora saí imediatamente desta casa!

A criatura deu um suspiro surdo, fixou um olhar terrível na Martiniere e lançou mão do estilete. A Martiniere encomendou sua alma ao senhor em silêncio, mas permaneceu firme onde estava, e olhou desafiadoramente nos olhos da criatura, pressionando seu corpo com mais força à porta do aposento, pela qual a criatura teria de passar a fim de conseguir chegar até sua senhorita.

— Fazei o que quereis fazer! — replicou a Martiniere. — Eu não arredarei pé deste lugar; executai a má ação que já começastes, também vós encontrareis a morte vergonhosa na praça de Grève, assim como vossos infames camaradas.

— Ah — gritou a criatura —, vós tendes razão, Martiniere! Eu pareço e estou armado como um ladrão e assassino infame, mas meus camaradas não foram condenados, não foram condenados!

E, ao dizer isso, ele puxou o estilete, lançando olhares venenosos à mulher morta de medo.

— Ai, meu Jesus! — exclamou ela, esperando o golpe fatal, mas naquele mesmo instante pôde ser ouvido na rua o tilintar de armas e o patear de cavalos.

— A Maréchaussée... A Maréchaussée... Socorro, socorro! — gritou a Martiniere.

— Mulher horrível, tu queres a minha desgraça... Agora está tudo acabado, tudo acabado!... Toma!... Pega e entrega isso aqui ainda hoje à senhorita... Ou amanhã, se quiseres. Murmurando essas palavras em voz baixa, a criatura arrancara o candelabro da Martiniere, apagara as velas e lhe apertara uma caixinha às mãos. — E, por tua felicidade, entrega esta caixinha à senhorita — ainda gritou a criatura antes de sair porta afora.

A Martiniere, que havia fraquejado e caído no chão, levantou-se com esforço e tateou no escuro, retornando aos aposentos, onde voltou a cair em sua poltrona, completamente esgotada e incapaz de um murmúrio sequer. Logo em seguida, ouviu as chaves que deixara na fechadura da porta de entrada tilintarem. A casa foi trancada e passos silenciosos e inseguros se aproximaram do aposento em que estava. Ainda atônita e sem forças para se mexer, ela ficou à espera do horror. Mas como ficou aliviada quando a porta se abriu e ela, à luz do lampião, já à primeira vista reconheceu o fiel Baptiste! Este se mostrava pálido como um cadáver e completamente transtornado.

— Pelo amor de todos os santos — principiou ele —, pelo amor de todos os santos, dizei-me, senhora Martiniere, o que foi que aconteceu? Ah, o medo! O medo! Eu não sei o que foi, mas senti um poder imenso me expulsando do casamento ontem à noite! E eis que chego à rua e penso: A senhora Martiniere tem um sono leve, por certo ouvirá se eu bater baixinho e com cuidado à porta da casa, e me deixará entrar. Quando estou a caminho para fazê-lo, uma patrulha de vários homens, a cavalo, a pé, todos armados até os dentes, vem ao meu encontro, me retém e não quer permitir que eu siga adiante. Mas, por sorte, Desgrais, o tenente da Maréchaussée que me conhece muito bem, está presente; e ele diz, enquanto seus beleguins seguram o lampião debaixo do meu nariz: "Ei, Baptiste, mas de onde tu vens a essa hora da noite? Deverias ficar bem quietinho em casa e zelar por ela. As coisas estão meio sinistras por aqui, e nós ainda estamos pensando em fisgar uma bela presa hoje à noite." Vós não acreditais, senhora Martiniere, como essas palavras me pesaram no coração. E eis que chego à soleira da porta e uma pessoa envolvida em um manto se precipita para fora da casa, o estilete brilhando no punho cerrado, e corre para cima de mim, me derrubando... A casa está aberta, as chaves estão na fechadura... Mas dizei: O que significa tudo isso?

A Martiniere, livre de seu medo mortal, contou como tudo acontecera. Ambos, ela e Baptiste, foram até o corredor da casa e encontraram o candelabro no chão, onde a criatura estranha o jogara em meio à fuga.

— É mais do que certo — disse Baptiste — que nossa senhorita seria roubada e quem sabe até assassinada. Essa criatura sabia, conforme vós contastes, que estáveis sozinha com a senhorita, e até mesmo que a senhorita ainda estava acordada com seus escritos; por certo era um dos amaldiçoados gatunos e ladrões que chegam até a entrar nas casas para se informar espertamente sobre aquilo que poderá servir à execução de seus golpes demoníacos. E a pequena caixinha, senhora Martiniere, penso que devamos jogá-la nas águas do Sena, lá no lugar em que elas forem mais profundas. Quem poderá nos garantir que algum espírito maligno não esteja atentando contra a vida de nossa boa senhorita, e que ela, ao abrir a caixinha, não caia morta como o velho marquês de Tournay ao abrir a carta que recebeu de mão desconhecida!

Trocando conselhos longamente, os dois fiéis criados decidiram enfim contar tudo à senhorita na manhã seguinte, e também lhe entregar a caixinha misteriosa, que aliás poderia ser aberta com o devido cuidado. Ambos, ao ponderar com exatidão cada uma das circunstâncias do aparecimento do estranho suspeito, acharam que poderia haver em tudo aquilo um mistério especial, sobre o qual não poderiam decidir sem autorização, e cuja revelação deveria ser passada às mãos de sua senhorita...

AS PREOCUPAÇÕES DE BAPTISTE TINHAM BONS MOTIVOS. JUStamente naquela época, Paris era o palco das crueldades mais infames, justamente naquela época a descoberta mais diabólica oferecia ao inferno os meios mais acessíveis.

Glaser, um farmacêutico alemão, o melhor químico de sua época, ocupava-se, conforme costuma acontecer com a gente de sua ciência, com experiências alquímicas. Ele havia se proposto a descobrir a pedra filosofal. A ele se uniu um italiano chamado Exili. Para este, contudo, a arte de transformar metais menos nobres em ouro era apenas um pretexto. O que ele queria de fato era apenas aprender a misturar, cozinhar e enriquecer as substâncias tóxicas nas quais Glaser esperava encontrar sua redenção.

Exili por fim conseguiu preparar aquele fino veneno que, sem cheiro e sem gosto, matando na hora ou lentamente, não deixa no corpo humano nenhum rastro, e é capaz de burlar todo o engenho e toda a ciência dos médicos que, não cogitando o assassinato por envenenamento, são obrigados a creditar a morte a um motivo natural. Por mais cuidado que Exili demonstrasse em sua obra, acabou se tornando suspeito de vender veneno e foi levado à Bastilha.

Pouco depois, foi encarcerado no mesmo quarto o capitão Godin de Sainte Croix. Este vivera por muito tempo com a marquesa de Brinvillier em uma relação que trouxe vergonha a toda a família. Embora o marquês tenha permanecido insensível ao crime de sua esposa, acabou por forçar o sogro, Dreux d'Aubray, tenente civil em Paris, a separar o casal criminoso com uma ordem de detenção, que este fez decretar contra o capitão.

Apaixonado, desprovido de caráter, simulando piedade e inclinado a toda espécie de vícios desde a juventude, ciumento, vingativo até a fúria, nada poderia ser mais bem-vindo ao capitão do que o segredo demoníaco de Exili, que lhe deu poder para destruir todos os seus inimigos. E assim o capitão Sainte Croix se tornou o aluno mais diligente de Exili, e em pouco tempo era tão capaz quanto seu mestre, de modo que, liberado da Bastilha, estava em condições de prosseguir trabalhando sozinho.

Se a marquesa de Brinvillier já era uma mulher degenerada, com Sainte Croix ela se transformou em um monstro. Ele conseguiu convencê-la pouco a pouco a envenenar primeiro seu pai, na casa do qual ela se encontrava, cuidando dele na velhice com uma hipocrisia infame, depois seus dois irmãos e por fim sua irmã; o pai por vingança, os outros por causa da rica herança.

A história de vários assassinos envenenadores serve de exemplo terrível para o fato de que crimes desse tipo se transformam em uma paixão irresistível. Sem mais nenhum objetivo que não o puro prazer, assim como o químico faz experimentos para se divertir, os envenenadores muitas vezes acabaram com a vida de pessoas a cuja existência não davam a menor importância. O fenecer repentino de diversos pobres no Hotel Dieu, mais tarde, levantou a suspeita de que os pães que a Brinvillier costumava distribuir por lá semanalmente, para estatuir em si mesma um exemplo de devoção e beneficência, estariam envenenados. Certo é, no entanto, que ela envenenava os folhados de pombo e os servia aos convidados que trazia à sua casa. O chevalier de Guet e diversas outras pessoas tombaram vítimas dessas refeições infernais. Sainte Croix, seu ajudante la Chaussee e a Brinvillier souberam por muito tempo como esconder suas atrocidades debaixo de véus impenetráveis; mas uma vez que a astúcia infame de pessoas perversas às vezes logra ter êxito, o poder eterno dos céus decidiu condenar os criminosos já aqui na terra!

Os venenos que Sainte Croix preparava eram tão sutis que quando o pó (os parisienses o chamavam de *poudre de succession*) ficava exposto aos olhos durante o preparo, um único respiro bastava para trazer a morte instantânea. Por essa razão, Sainte Croix usava sempre uma máscara de vidro finíssimo em suas operações. No entanto, certo dia, quando estava pronto a derramar o pó de veneno em um frasco, sua máscara caiu e ele tombou, respirando o fino pó do veneno, instantaneamente morto.

Uma vez que faleceu sem deixar herdeiros, os tribunais se apressaram em lacrar oficialmente o espólio. Em uma das caixas pôde ser encontrado todo o arsenal macabro dos assassinatos por envenenamento que se encontrava à disposição do infame Sainte Croix. Mas também as cartas da marquesa de

Brinvillier, que não deixavam nenhuma dúvida sobre as atrocidades que ambos cometeram, foram encontradas.

Ela fugiu para Liège, entrando em um mosteiro. Desgrais, um funcionário da Maréchaussée, foi enviado atrás dela. Disfarçado de padre, Desgrais apareceu no mosteiro onde a Brinvillier havia se escondido. Conseguiu entabular uma negociação amorosa com a terrível mulher e atraí-la a um encontro secreto em um jardim solitário, diante dos portões da cidade. Mal ela chegava ao lugar combinado, todavia, e já foi cercada pelos beleguins de Desgrais, e o amante religioso se transformou de repente em funcionário da Maréchaussée e a obrigou a embarcar no coche, que já se encontrava diante do jardim, cercado pelos beleguins, e a levou diretamente a Paris. La Chaussee já havia sido decapitado anteriormente, e a Brinvillier sucumbiu à mesma morte, seu corpo foi queimado depois da execução e suas cinzas espalhadas ao vento.

Os parisienses suspiraram aliviados quando o monstro que conseguia dirigir a arma secreta e assassina impunemente contra amigos e inimigos enfim deixou este mundo. Mas logo correu a informação de que a arte terrível do infame La Croix tivera herdeiros. Como um fantasma invisível e traiçoeiro, o assassinato parecia se esgueirar, ele mesmo, pelas ruas, até chegar aos círculos mais íntimos, que só o parentesco, o amor e a amizade conseguem formar, e se apoderava com firmeza e rapidez de suas vítimas infelizes.

Quem hoje era encontrado na mais vigorosa das saúdes, amanhã já cambaleava doente e decrépito por aí, e nenhum engenho da parte dos médicos podia salvá-lo da morte certa. Riqueza, um ofício lucrativo, uma mulher jovem e talvez jovem demais — era o que bastava para a perseguição até a morte...

A desconfiança mais pavorosa destruía as uniões mais sagradas. O esposo tremia diante da esposa... O pai diante do filho... A irmã diante do irmão... Os alimentos permaneciam intocados, assim como o vinho da ceia que o amigo oferecia aos amigos, e, onde antes imperava a diversão e a brincadeira, olhares selvagens agora espreitavam em busca do assassino disfarçado. Era possível ver pais de família comprando víveres, medrosos, em regiões bem distantes, e preparando-os, eles mesmos, nesta ou naquela cozinha suja de fundo de quintal, temendo a traição diabólica em sua própria casa. E, ainda assim, a maior e mais refletida cautela se mostrava vã.

O rei, a fim de conter o terror que fugia cada vez mais ao controle, nomeou um tribunal de justiça especial ao qual transferiu exclusivamente a investigação e a punição desses crimes secretos. Era a assim chamada *Chambre ardente*, que realizava suas reuniões não muito longe da Bastilha e tinha la Regnie na presidência. Por muito tempo, os esforços de Regnie, por mais diligentes que fossem, não deram frutos; ao astuto Desgrais estava reservada a tarefa de descobrir os esconderijos mais secretos dos criminosos.

No subúrbio de Saint Germain morava uma velha mulher chamada la Voisin, que se ocupava de prever o futuro e invocar espíritos, e, com a ajuda de seus comparsas le Sage e le Vigoureux, sabia causar temor e espanto até mesmo em pessoas que nem de longe poderiam ser tidas como fracas e crédulas. Mas ela fazia mais do que isso. Aluna de Exili, a exemplo de la Croix, ela também preparava o veneno sutil e sem rastros, e dessa forma ajudava filhos infames a conseguir bem cedo sua herança, mulheres degeneradas a conseguir outro e mais jovem esposo.

Desgrais desvendou o segredo de la Voisin e ela confessou tudo; a *Chambre ardente* a condenou à morte pela fogueira, à qual sucumbiu na praça de Grève. Com la Voisin foi encontrada uma lista de todas as pessoas que fizeram uso de sua ajuda; e assim aconteceu que não apenas execução se seguiu a execução, como também as mais terríveis suspeitas passaram a pesar sobre as costas inclusive de pessoas de alta reputação.

Assim se acreditava, por exemplo, que o cardeal Bonzy havia encontrado com la Voisin o meio para fazer com que todas as pessoas às quais era obrigado a pagar pensões na condição de arcebispo de Narbonne morressem em bem pouco tempo. Assim também a duquesa de Bouyillon e a condessa de Soissons, cujos nomes estavam registrados na lista, foram acusadas de manter ligações com a mulher infernal, e até mesmo François Henri de Montmorenci-Boudebelle, o duque de Luxemburgo, par e marechal do reino, não foi poupado. Também ele foi perseguido pela terrível *Chambre ardente*. Mas ele mesmo se entregou para ser preso na Bastilha, onde o ódio do marquês de Louvois e de la Regnie o mandaram prender em um buraco de seis pés de comprimento. Meses se passaram antes que ficasse completamente claro que os crimes do duque não mereciam reprimenda de nenhuma ordem. Ele apenas pedira uma vez que le Sage fizesse seu mapa astral.

Certo é que o zelo cego do presidente la Regnie o levava a atos de violência e crueldade. O tribunal acabou assumindo o caráter da Inquisição, e a suspeita mais insignificante bastava para um encarceramento severo, e muitas vezes ficava a cargo do destino provar a inocência do condenado à morte. Ademais, la Regnie era um homem de reputação ruim e caráter traiçoeiro, de modo que em pouco atraiu para si o ódio daqueles que fora chamado a vingar ou a proteger. A duquesa de Bouillon, perguntada por ele no interrogatório se vira o demônio, respondeu:

— Quer me parecer que o estou vendo neste exato instante!

Enquanto o sangue de culpados e suspeitos jorrava em torrentes na praça de Grève, e enfim o envenenamento secreto tornava-se mais e mais raro, começou a se mostrar uma desgraça de outra espécie, que espalhou nova consternação. Um bando de vigaristas parecia ter o propósito de tomar posse de todas as joias existentes na cidade. Os ricos adornos, mal eram comprados, desapareciam de maneira incompreensível, mesmo que estivessem tão bem guardados quanto se pode imaginar.

Todavia o que piorava ainda mais as coisas era o fato de que todo mundo que ousasse carregar suas joias consigo à noite era roubado no meio da rua ou nos corredores escuros das casas, chegando muitas vezes a ser assassinado. Os que escapavam com vida diziam que um golpe de punho se abatera sobre suas cabeças como um relâmpago e, ao despertar do desmaio, percebiam que todas as suas joias haviam sido roubadas e que eles se encontravam em lugar bem diferente daquele em que o golpe os atingira.

Os assassinados, que quase todas as manhãs podiam ser encontrados na rua ou dentro das casas, tinham todos o mesmo ferimento mortal. Uma punhalada no coração. Segundo o veredicto dos médicos, tão rápida e fatal que o ferido, incapaz de emitir um som sequer, desabava ao chão. E quem na opulenta corte de Luís XIV não estava envolvido em um caso secreto de amor, se esgueirava até a amante tarde da noite e às vezes carregava consigo um presente dos mais caros?

Como se os vigaristas estivessem em conluio com espíritos, sabiam exatamente quando algo assim aconteceria. Muitas vezes, o infeliz não chegava nem à casa onde pensava gozar as venturas do amor, e tombava à soleira da porta, até mesmo diante do quarto da amante, que encontrava, horrorizada, o cadáver sangrento.

Em vão, Argenson, o ministro da polícia, mandava prender todo aquele que apenas manifestasse algum indício de suspeita em meio ao povo de Paris, em vão, la Regnie esbravejava e tentava arrancar confissões forçadas, em vão, tropas de guarda e patrulhas eram reforçadas: o rastro dos criminosos não podia ser encontrado. Apenas a cautela de se armar até os dentes e mandar alguém iluminar o caminho com uma tocha ajudava alguma coisa, mesmo assim havia exemplos em que o criado era amedrontado com pedradas e seu senhor assassinado e roubado no mesmo instante.

O estranho era que todas as investigações, em todos os lugares onde o comércio de joias se mostrava possível e não era nem fiscalizado, não revelavam sequer uma das preciosidades roubadas, e também aí, portanto, não era possível descobrir nem mesmo um rastro que pudesse ser seguido.

Desgrais espumava de raiva pelo fato de os gatunos escaparem até mesmo a sua astúcia. O bairro da cidade em que ele se encontrava sempre era poupado, enquanto nos outros, onde ninguém seria capaz de imaginar algo ruim, o latrocínio espreitava suas ricas vítimas. Desgrais teve a ideia genial de criar vários Desgrais, tão parecidos no andar, na postura, na linguagem, no perfil, no rosto, que até mesmo seus beleguins não sabiam onde se encontrava o verdadeiro Desgrais. Enquanto isso, ele vigiava sozinho, arriscando sua vida, os refúgios mais secretos e seguia de longe este ou aquele, que por algum motivo lhe parecia carregar alguma joia cara consigo. *Este* permanecia intocado; ou seja, também *esta* medida os gatunos haviam descoberto. Desgrais ficou desesperado.

Eis que certa manhã Desgrais resolve ir até o presidente la Regnie, pálido, desfigurado, fora de si...

— Vós trazeis algo de novo, alguma notícia? Encontrastes o rastro? — grita o presidente ao encontro dele.

— Ora... meu senhor — principia Desgrais, balbuciando de raiva —, ora, meu senhor... ontem à noite... não muito longe do Louvre, o marquês de la Fare foi atacado em minha presença.

— Por Deus do céu! — grita la Regnie, cheio de júbilo. — Nós os pegamos!

— Oh, esperai um pouco — interrompe-o Desgrais com um sorriso amargo —, oh, esperai primeiro para ouvir como tudo sucedeu... Eis que estou parado junto ao Louvre e cuido, o inferno inteiro dentro do meu peito, dos demônios que fazem troça de mim. Então uma figura de passo incerto, que olha para trás a cada instante, passa bem perto de onde estou, sem me ver. Ao clarão da lua, reconheço o marquês de la Fare. Eu sabia que podia esperá-lo ali, porque sabia para onde ele se esgueirava. Mal ele passara dez, doze metros de mim, quando uma figura, que pareceu ter saído do chão, salta sobre ele e o derruba, caindo sobre ele em seguida. Imprudente, surpreendido pelo instante que podia jogar o assassino em minhas mãos, eu dou um grito, quero sair de meu esconderijo com um salto formidável para chegar até ele; e então me enrolo em meu sobretudo e caio. Vejo a criatura desaparecer rapidamente como se as asas do vento a levassem, consigo me levantar, corro atrás dela... Correndo, sopro minha corneta... A distância, os apitos de meus beleguins respondem... A coisa fica movimentada... Tilintar de armas, patear de cavalos de todos os lados... "Aqui... aqui... É Desgrais... Desgrais!", eu grito tão alto a ponto de ecoar pelas ruas... Continuo vendo o criminoso diante de mim ao brilho claro da lua, como ele tenta me enganar, dobrando aqui e ali. Nós chegamos à rua Nicaise, ali suas forças parecem diminuir, eu redobro as minhas... Ele ainda tem uma vantagem de no máximo quinze passos...

— E vós o alcançais... O agarrais, os beleguins chegam... — exclama la Regnie de olhos reluzentes, agarrando Desgrais pelo braço como se fosse *ele* o próprio criminoso em fuga...

— Quinze passos — prossegue Desgrais em voz sombria e respirando com dificuldades —, quinze passos à minha frente a criatura salta para o lado, à sombra, e desaparece através do muro.

— Desaparece? Através do muro! Estais louco, por acaso? — grita la Regnie, recuando dois passos e juntando as mãos.

— Podeis me chamar — prossegue Desgrais, esfregando a testa como alguém que é afligido por maus pensamentos —, podeis me chamar de louco, meu senhor, até dizer que sou um desses imbecis que vê espíritos, mas tudo aconteceu exatamente como vos estou contando. Fico paralisado diante do muro quando vários de meus beleguins me alcançam, esbaforidos; e com eles o marquês de la Fare, que conseguiu recobrar suas forças e apareceu com o punhal na mão. Nós acendemos as tochas, tateamos ao longo do muro, aqui e ali; nem sequer o rastro de uma porta, de uma janela, de uma abertura. Trata-se de um muro robusto de pedra, que se apoia a uma casa na qual moram pessoas contra as quais não pesa a menor das suspeitas. Ainda hoje fui examinar tudo detalhadamente... É o diabo em pessoa que zomba de nós.

A história de Desgrais se tornou conhecida em Paris.

As cabeças estavam repletas de feitiçarias, invocação de espíritos, aliados demoníacos da Voisin, de Vigoureux, do famigerado padre le Sage. E como é de nossa eterna natureza que a tendência ao sobrenatural, ao maravilhoso, supere toda a razão, em pouco já se acreditava, em nada mais nada menos, conforme Desgrais dissera apenas por desabafo, o diabo em pessoa realmente estivesse protegendo os infames que lhe venderam suas almas.

É fácil imaginar que a história de Desgrais recebeu um bocado de enfeites, dos mais absurdos. A narrativa do ocorrido passou a ser acompanhada de uma xilogravura que apresentava a figura medonha de um diabo simplesmente mergulhando na terra diante do assustado Desgrais. Ela foi impressa e vendida em todas as esquinas. Foi o que bastou para intimidar o povo inteiro e arrancar o resto da coragem até mesmo dos beleguins, que passaram a percorrer as ruas cheios de tremores e hesitações à noite, com amuletos pendurados ao pescoço depois de ficarem de molho em água benta.

Argenson viu os esforços da *Chambre ardente* fracassarem e pediu ao rei que nomeasse um tribunal com poderes ainda mais ilimitados para o novo crime, a fim de que os assassinos pudessem ser investigados e punidos. O rei, convencido de que já dera poder demasiado à *Chambre ardente* e abalado com o terror das incontáveis execuções que o sanguinário la Regnie acabava provocando, negou-se peremptoriamente a aceitar a sugestão.

Mas então os interessados escolheram outro meio a fim de ganhar o rei para a causa.

Nos cômodos da marquesa de Maintenon, onde o rei costumava ficar após o meio-dia e por certo também onde trabalhava com seus ministros até tarde da noite, foi-lhe entregue um poema em nome de todos os amantes em perigo, que se queixavam do fato de, caso a galanteria lhes ordenasse levar um rico presente à amante, sempre serem obrigados a arriscar suas vidas por causa disso. Seria uma honra e um prazer derramar seu sangue pela amante em um combate cavalheiresco; mas a situação era diferente quando se tratava do ataque traiçoeiro de um assassino, contra o qual não podiam nem se armar.

E eles imploravam a Luís, a radiante estrela polar de todo o amor e de toda a galanteria, que brilhasse a fim de dispersar a noite sombria e assim revelar o mistério negro que jazia escondido no seio da mesma. O herói divino que abatia seus inimigos, agora também arrancaria sua espada coruscante e vitoriosa e, assim como Hércules fizera com a hidra de Lerna, assim como Teseu fizera com o Minotauro, combateria o monstro ameaçador, que consumia todos os prazeres do amor e entrevava todas as alegrias, transformando-as em sofrimento profundo, em luto sem consolo.

Por mais séria que estivesse a questão, não faltavam no poema, primoroso na descrição, sugestões de como o amante estava obrigado a sentir medo nos caminhos furtivos que o levavam até a amante, como tão somente o temor já matava à míngua toda e qualquer volúpia, toda e qualquer bela aventura da galanteria que brotava, e tudo registrado em locuções cheias de espírito e graça. Para completar, os versos eram coroados por um pomposo panegírico a Luís XIV, e assim não pôde deixar de acontecer que este lesse o poema com visível agrado.

Ao terminar, o rei se voltou rapidamente, sem tirar os olhos do papel, à marquesa de Maintenon, leu o poema mais uma vez em voz alta e em seguida perguntou, sorrindo encantado, o que esta achava dos desejos dos amantes em perigo. A Maintenon, fiel a seu primeiro instinto e respeitando sempre o tom de uma certa devoção religiosa, replicou que caminhos secretos e proibidos não eram dignos de nenhuma proteção especial, mas que os terríveis criminosos mereciam medidas especiais para serem aniquilados. O rei, insatisfeito com essa resposta pouco conclusiva, dobrou o papel e quis voltar-se para o secretário do Estado, que trabalhava no outro cômodo, quando, ao virar os olhos, deu-se conta da presença da senhorita de Scuderi, que ocupava seu lugar não muito distante da marquesa de Maintenon, em uma pequena poltrona.

Eis que então o rei se dirigiu a ela; o sorriso encantador, que primeiro brincara em torno da boca e nas faces e em seguida desaparecera, voltou a dominar seu semblante real e, parado bem próximo da senhorita e desdobrando mais uma vez o papel em que estava escrito o poema, ele disse com suavidade:

— A marquesa não quer saber das galanterias de nossos senhores apaixonados, o que se pode fazer, e desvia-se de mim trilhando caminhos que só posso chamar de proibitivos. Mas vós, minha senhorita, o que vós achais desta súplica poética?

A Scuderi levantou-se de sua poltrona com toda a deferência, um rubro fugidio como a púrpura do entardecer percorreu as faces pálidas da provecta e digna dama, e ela disse, fazendo uma leve mesura, de olhos baixos:

— *Un amant qui craint les voleurs,*
n'est point digne d'amour.

O rei, completamente surpreso com o espírito cavalheiresco destas poucas palavras, que lançavam ao chão o poema inteiro com suas tiradas infinitamente longas, exclamou com olhos relampejantes:

— Por são Dioniso, vós tendes razão, senhorita! Nada de medidas cegas que atinjam inocentes e culpados ao mesmo tempo, pois somente protegerão a covardia; que Argenson e la Regnie façam a sua parte!

A MARTINIERE NARROU TODAS ESSAS CRUELDADES DA ÉPOCA com as cores mais vívidas quando, na manhã seguinte, contou à sua senhorita o que havia acontecido na noite anterior e lhe entregou, tremendo e hesitando, a caixinha misteriosa.

Tanto ela quanto Baptiste, que estava parado, completamente pálido, a um canto do recinto e mal conseguindo falar de tanto medo, imploraram à senhorita do modo mais condoído, invocando o amor de todos os santos, que apenas abrisse a caixinha se munida do maior cuidado possível.

A Scuderi, examinando e sopesando o mistério encerrado na caixinha, disse, sorrindo:

— Vós sois, ambos, fantasmas! Os assassinos infames que andam lá fora por certo sabem tão bem quanto vós e eu que eu não sou rica, que em minha casa não há tesouros que justifiquem um assassinato. Como vós mesmos dizeis, eles são capazes de espreitar até dentro das casas. Por que, então, estariam de olho em minha vida? Quem pode se importar com a morte de uma pessoa de setenta e três anos, que jamais perseguiu alguém a não ser os causadores do mal e perturbadores da paz nos romances que ela mesma criou, que faz versos medianos, que não poderia despertar a inveja de ninguém, que não deixará nada de herança além do legado da idosa senhorita, que de quando em vez ia à corte, e algumas dúzias de livros bem encadernados, de recorte dourado! E tu, Martiniere! Podes descrever a aparição da criatura estranha de modo tão assustador quanto quiseres, mas não posso acreditar que ela tinha em mente algo terrível.

— Pois então!

A Martiniere recuou dois passos, espaçosa, Baptiste quase caiu aos joelhos com um ah! sombrio no momento em que a senhorita foi apertar um botão de aço sobressalente e a tampa da caixinha se levantou fazendo estardalhaço.

Como a senhorita se surpreendeu quando de dentro da caixinha refulgiram a seu encontro um par de pulseiras douradas, ricamente enfeitadas com pedras, e um colar do mesmo feitio! Ela pegou os brilhantes suntuosos e, enquanto louvava o trabalho maravilhoso do colar, a Martiniere namorava as ricas pulseiras e não parava de exclamar que por certo nem mesmo a vaidosa Montespan era dona de joias semelhantes.

— Mas o que é isso, o que significa isso? — disse a Scuderi.

Nesse instante, ela percebeu que no fundo da caixinha ainda havia um bilhete dobrado. Com razão, esperava encontrar nele a revelação do mistério. O bilhete, mal lera o que ele continha, caiu de suas mãos trêmulas. Ela lançou aos céus um olhar que tudo dizia, e em seguida caiu sobre a poltrona, quase como se tivesse desmaiado. Assustada, a Martiniere saltou ao encontro dela, assim como Baptiste, para socorrê-la.

— Oh! — ela exclamou então, com a voz embargada pelas lágrimas. — Oh, que humilhação, oh, que vergonha profunda!

Isso ainda tinha de acontecer em minha avançada idade! Por acaso andei pelas sendas da leviandade, imbecil como uma moça impulsiva qualquer? Oh, Deus, como podem palavras, lançadas ao léu assim por brincadeira, serem capazes de proporcionar uma interpretação tão terrível! Por acaso podem me acusar, a mim, que sempre fui fiel à virtude e à devoção, que desde criança me comportei de modo irrepreensível, por acaso podem me acusar do crime de ter incorrido em um pacto demoníaco?

A senhorita segurava o lenço diante dos olhos, chorava e soluçava espasmodicamente, de modo que Martiniere e Baptiste, completamente confusos e angustiados, não sabiam como lhe dar apoio em sua imensa dor.

A Martiniere havia erguido o bilhete fatídico do chão. Nele estava escrito:

"Un amant qui craint les voleurs,
n'est point digne d'amour.

Vosso espírito agudo, admirável dama!, nos salvou de uma grande perseguição, a nós, que exercitamos o direito do mais forte diante da fraqueza e da covardia e nos apossamos de tesouros que seriam dissipados de modo indigno. Como prova de nossa gratidão, aceitai com indulgência essas joias. São as mais valiosas que desde muito tempo conseguimos arranjar, embora brilhantes muito mais suntuosos do que estes devessem vos adornar, digníssima dama! Pedimos encarecidamente que vós não nos negueis vossa amizade e vossa lembrança cheia de devoção.

[Os Invisíveis."]

— Mas será possível — exclamou a Scuderi, quando havia conseguido se restabelecer um pouco —, mas será possível que se possa levar o atrevimento desavergonhado e a zombaria infame tão longe?

O sol brilhava em toda a sua claridade através da seda vermelho-viva das cortinas da janela, e assim aconteceu que os brilhantes que jaziam sobre a mesa ao lado da caixinha aberta cintilaram em uma cor avermelhada. Olhando para o lugar, a Scuderi escondeu seu rosto horrorizada e ordenou à Martiniere que levasse para longe as joias terríveis, nas quais ainda estava grudado o sangue dos assassinados.

A Martiniere, depois de ter trancado imediatamente o colar e as pulseiras na caixinha, observou que por certo o mais aconselhável a fazer seria entregar as joias ao ministro da polícia e lhe confiar o acontecido, o aparecimento amedrontador da jovem criatura e a entrega da caixinha.

A Scuderi levantou-se e passou a caminhar em silêncio de um lado para o outro do quarto, como se estivesse refletindo sobre o que seria o mais conveniente a fazer. Em seguida, ordenou a Baptiste que fosse buscar uma liteira e pediu à Martiniere que se vestisse porque queria ir até a marquesa de Maintenon naquele exato momento.

A senhorita de Scuderi pediu para ser carregada até a marquesa justamente na hora em que esta, conforme a Scuderi sabia, se encontrava sozinha em seus aposentos. E, como decidira desde o princípio, levou consigo a caixinha com as joias.

A marquesa por certo se mostrou bastante admirada ao ver a senhorita, que sempre se caracterizava pela dignidade, e, apesar da idade, era a amabilidade e o encanto em pessoa, entrando assim, pálida, desfigurada, com passos cambaleantes.

— O que foi que vos aconteceu, pelo amor dos céus? — exclamou ela ao encontro da pobre e amedrontada dama que, completamente fora de si, mal conseguia se manter em pé, e apenas tentou alcançar o mais rápido possível a poltrona que a marquesa empurrou até ela.

Enfim dona de suas palavras novamente, a senhorita contou a humilhação profunda e insuperável que aquela brincadeira impensada, com a qual ela respondera à súplica dos amantes em perigo, havia lhe causado. A marquesa, depois de ficar sabendo de tudo, passo a passo, sentenciou que a Scuderi sofria demais por causa do estranho acontecimento, e que a zombaria da ralé infame jamais poderia atingir uma índole devota e nobre, e por fim pediu para ver as joias.

A Scuderi lhe entregou a caixinha aberta, e a marquesa, ao vislumbrar os brilhantes suntuosos, não logrou conter uma exclamação altamente admirada. Ela tirou o colar e as pulseiras da caixinha e foi com eles até a janela, onde ora deixava as joias faiscarem ao brilho do sol, ora segurava o delicado trabalho em ouro bem próximo dos olhos, para investigar com cuidado com que arte maravilhosa era trabalhado cada um dos ganchinhos da corrente entrelaçada.

De repente, a marquesa se voltou apressada e exclamou em direção à senhorita:

— A senhorita por certo sabe que essas pulseiras e esse colar não podem ter sido feitos por ninguém além de René Cardillac?

RENÉ CARDILLAC ERA, NA ÉPOCA, O MAIS HÁBIL OURIVES DE PARIS, um dos homens mais dotados de arte e ao mesmo tempo um dos mais estranhos de sua época. Mais para baixo do que para alto, mas de ombros largos e constituição robusta e musculosa, Cardillac ainda tinha a agilidade de um adolescente, apesar de já ter passado havia muito dos cinquenta anos.

Testemunhas dessa força, que só pode ser caracterizada como incomum, eram também os cabelos vastos, encaracolados e de tom vermelho, e o semblante compacto e reluzente. Se Cardillac não fosse conhecido em toda a cidade de Paris como homem digno e dos mais corretos, altruísta, aberto, sem ardis e sempre pronto a oferecer sua mão, seu olhar completamente peculiar, de olhos pequenos, profundos e refulgindo em verde o poderia colocar sob a suspeita de alguma maldade ou perversidade secreta.

Conforme já foi dito, Cardillac era o mais hábil em sua arte e isso não apenas em Paris, mas talvez no mundo inteiro em sua época. Intimamente familiarizado com a natureza das pedras preciosas, sabia lidar e trabalhar com elas de modo que as joias, que no princípio pareciam singelas, saíssem da oficina de Cardillac no mais brilhante dos esplendores. Ele assumia cada uma de suas tarefas com ardente curiosidade e fazia um preço tão acessível que não parecia ter relação nenhuma com o trabalho executado.

Além disso, sua obra não o deixava descansar. Dia e noite era possível ouvi-lo martelando em sua oficina, e muitas vezes, com o trabalho quase concluído, a forma de repente não lhe agradava, ele duvidava da capacidade ornamental de algum engaste dos brilhantes, de algum ganchinho insignificante e... isso era motivo suficiente para voltar a jogar o trabalho inteiro no cadinho e começar tudo de novo.

Assim, cada um de seus trabalhos se transformava numa obra-prima pura e insuperável, que deixava pasmos aqueles que os encomendavam.

Mas eis que então era quase impossível receber o trabalho pronto das mãos dele. Alegando mil pretextos, Cardillac fazia os que encomendavam esperar de semana a semana, depois de mês a mês. Em vão lhe ofereciam o dobro pelo trabalho, ele não queria aceitar um luís a mais do que o preço combinado. Quando enfim era obrigado a ceder à insistência do demandante e entregar a joia, Cardillac não conseguia deixar de mostrar todos os sinais do aborrecimento mais profundo, até mesmo da raiva interior que fervia dentro dele.

Quando era obrigado a entregar uma obra mais significativa, riquíssima, talvez valendo vários milhares devido à preciosidade das pedras, ao trabalho assaz cuidadoso com o ouro, ele era capaz de perambular como um louco por aí, amaldiçoando a si mesmo, a seu trabalho e a tudo que se encontrava a sua volta. Mas assim que alguém corria atrás dele e gritava a toda força: "René Cardillac, vós não faríeis um belo colar para minha noiva... Pulseiras para minha pequena e assim por diante", ele estacava de repente, fuzilava o requerente com seus pequenos olhos e perguntava, esfregando as mãos:

— O que tendes aí?

Eis que então o outro puxa uma caixinha e diz:

— Tenho aqui algumas joias, não são de todo especiais, coisas simples, mas em vossas mãos...

Cardillac nem o deixa concluir, arranca-lhe a caixinha das mãos, tira de dentro dela as joias, que realmente não tinham muito valor, segura-as contra a luz e grita, cheio de encanto:

— Ora, ora... Coisas vulgares? De jeito nenhum! São pedras belíssimas... Pedras magníficas... Deixai comigo! E se não vos importares com um punhado de luíses, ainda acrescentarei algumas pedrinhas que cintilarão em vossos olhos como se fossem o próprio sol.

O outro diz:

— Eu deixo tudo em vossas mãos, mestre René, e pago aquilo que pedirdes!

Sem fazer qualquer diferenciação, fosse um homem rico da burguesia ou um senhor distinto da corte, Cardillac se joga a seu pescoço e o abraça e o beija, e diz que agora voltava a estar feliz, e que o trabalho estará pronto em uma semana. E logo se precipita para casa, oficina adentro, e martela sem parar, a fim de em oito dias terminar mais uma obra-prima.

Mas assim que aquele que a encomendara chega, paga com alegria a soma insignificante que havia sido combinada e quer levar embora a joia pronta, Cardillac volta a se mostrar aborrecido, rude e teimoso.

— Mas, mestre Cardillac, lembrai que amanhã é meu casamento!

— Que me importa vosso casamento, voltai a me perguntar em duas semanas.

— Mas a joia está pronta, aqui está o dinheiro, eu preciso levá-la comigo.

— E eu vos digo que ainda preciso fazer mudanças na joia e não a entregarei hoje.

— E eu vos digo que se vós não me entregares por bem a joia, pela qual com gosto vos pagarei o dobro, logo me vereis chegar com os sequazes de Argenson para cobrar o que é meu.

— Pois bem, que satã vos torture com cem torqueses chamejantes e pendure seis arrobas de chumbo no colar, a fim de que ele enforque vossa noiva!

E, ao dizê-lo, Cardillac enfia a joia no bolso frontal do noivo, pega-o pelo braço, joga-o porta da oficina afora, fazendo com que ele desça a escadaria inteira aos tropeções, e dá gargalhadas como o diabo à janela ao ver como o pobre rapaz, o lenço diante do nariz sangrento, sai do prédio mancando.

O que também não podia ser esclarecido era o fato de Cardillac muitas vezes, depois de assumir um trabalho com grande entusiasmo, de repente implorar ao cliente com todos os sinais de uma índole conturbada internamente, com afirmações das mais comoventes, até mesmo entre lágrimas e soluços, invocando a virgem e todos os santos, que o liberasse do trabalho principiado.

Muitos, entre a gente altamente admirada pelo rei e pelo povo, ofereceram em vão grandes somas para receber de Cardillac a menor das obras. Ele se jogava aos pés do rei e suplicava o beneplácito de não precisar trabalhar na joia. Da mesma forma, recusava todas as encomendas da Maintenon, sim, com a expressão da repulsa e do horror, rejeitava a proposta da mesma para fazer um anel pequeno, enfeitado com os emblemas da arte, que ela pretendia dar de presente a Racine.

— APOSTO — DISSE A MAINTENON —, APOSTO QUE SE EU mandar alguém a Cardillac, para pelo menos saber para quem ele fez essas joias, ele se negará a vir até aqui, porque talvez tema uma encomenda e não quer de jeito nenhum trabalhar para mim. Por mais que já há algum tempo pareça estar abrindo mão de sua teimosia resoluta, pois conforme ouço, agora anda trabalhando com uma diligência que jamais demonstrou e entrega seus trabalhos na hora, ele ainda assim o faz com o mesmo aborrecimento profundo e de cara virada.

A Scuderi, que também dava muita importância ao fato, caso ainda fosse possível, de as joias voltarem às mãos do devido proprietário, observou que também se poderia dizer imediatamente ao mestre esquisito que não se pretendia encomendar um trabalho, e sim apenas ouvir seu julgamento acerca de uma joia. A marquesa concordou com a sugestão. Mandaram alguém a Cardillac e, como se este já estivesse a caminho, depois de pouco tempo entrava no aposento em que as damas se encontravam.

Ao ver a Scuderi, ele pareceu confuso, como alguém que, repentinamente atingido pelo inesperado, esquece-se das exigências de convenção que o momento exige, a ponto de se inclinar profunda e reverentemente primeiro diante dessa digna dama, para só então se voltar para a marquesa. *Esta* lhe perguntou às pressas, apontando para as joias que refulgiam sobre a mesa estofada com um pano verde-escuro, se aquele era um trabalho seu.

Cardillac, mal voltou seus olhos ao lugar indicado, e olhando fixamente para o rosto da marquesa, enfiou as pulseiras e o colar na caixinha que se encontrava ao lado das joias, que ele em seguida empurrou com violência para longe de si. Feito isso, disse, enquanto um sorriso terrível bailava em seu semblante rubicundo:

— De fato, senhora marquesa, é preciso conhecer muito mal o trabalho de René Cardillac para acreditar apenas por um instante que qualquer outro ourives do mundo fosse capaz de fazer uma joia semelhante. Com certeza se trata de um trabalho meu.

— Nesse caso, dizei — prosseguiu a marquesa — para quem fizestes essas joias.

— Para mim, apenas para mim — replicou Cardillac —, sim, vós podeis até — prosseguiu ele quando as duas, a Maintenon e a Scuderi, olharam para ele completamente admiradas, aquela cheia de desconfiança, esta cheia de uma expectativa receosa, a fim de ver a que ponto as coisas chegariam —, sim, vós podeis até achar estranho, senhora marquesa, mas é isso mesmo. Apenas por causa deste trabalho juntei minhas melhores pedras e trabalhei nelas por pura alegria, com mais diligência e mais cuidado do que jamais empenhei.

E, há algum tempo, as joias desapareceram de minha oficina de modo incompreensível.

— Graças sejam dadas aos céus — exclamou a Scuderi, enquanto seus olhos cintilavam de alegria e ela saltava de sua poltrona, rápida e ágil como uma mocinha, para caminhar em direção a Cardillac e botar ambas as mãos sobre seus ombros —, recebei — disse ela então —, recebei de volta, mestre René, a propriedade que ladrões infames vos roubaram.

E então ela contou em detalhes como as joias haviam caído em suas mãos.

Cardillac ouviu tudo em silêncio e de olhos baixos. Só de quando em vez lhe escapava um "hum!", um "ora!, um "ei!" ou um "isso!" praticamente inaudíveis, e em outros momentos ele lançava as mãos às costas ou acariciava com suavidade seu queixo e suas faces.

Quando a Scuderi terminou de contar sua história, era como se Cardillac lutasse com pensamentos de caráter bem especial, que entrementes haviam se apossado dele, e como se alguma decisão não quisesse se encaixar e se sustentar. Ele esfregou a testa, suspirou, passou a mão sobre os olhos, ao que parece até para desviar algumas lágrimas que ameaçavam romper. Por fim, pegou a caixinha que a Scuderi lhe oferecia, foi caindo devagar sobre um dos joelhos e disse:

— Foi a vós, nobre e digna senhorita, que a fatalidade destinou estas joias. Sim, só agora eu sei que durante o trabalho já estava pensando em vós, sim, que estava trabalhando para vós. Não as desprezai, e usai essas joias como o melhor trabalho que eu realizei em muito, muito tempo.

— Ai, ai, ai — replicou a Scuderi, brincando encantadoramente —, o que estais pensando, mestre René. Por acaso ainda tenho o direito de me enfeitar assim, com pedras tão reluzentes, em anos tão avançados? E o que vos faz me presentear tão ricamente? Vamos, vamos, mestre René, fosse eu tão bonita quanto a marquesa de Fontange, e ademais rica, eu com certeza não abriria mão das joias. Mas por que botar esse esplendor vaidoso nestes braços murchos, esses enfeites cintilantes neste pescoço encoberto?

Enquanto ela falava, Cardillac se levantara e por fim disse, como se estivesse fora de si, o olhar selvagem, sem deixar de estender a caixinha à Scuderi:

— Tende clemência comigo, senhorita, e aceitai as joias. Vós não sois capaz de acreditar que profunda veneração por vossa virtude, por vossos grandes merecimentos eu carrego em meu coração! Aceitai, portanto, meu presente insignificante apenas para atender ao meu esforço de poder provar a vós minha convicção mais íntima a vosso respeito.

Uma vez que a Scuderi continuava hesitando, a Maintenon tomou a caixinha das mãos de Cardillac e disse:

— Ora, mas pelo amor dos céus, senhorita, sempre falais de vossa elevada idade. Sei muito bem dos problemas que nós, eu e vós, temos com o peso da idade! Mas por acaso não vos comportais como uma mocinha envergonhada, que até gostaria de pegar a doce fruta que lhe oferecem se isso pudesse acontecer sem que fosse preciso esticar sua mão e seus dedos para alcançá-la... Não recusai ao galhardo mestre René receber de mão beijada como presente o que milhares de outros não podem ganhar nem com todo o seu ouro, com todos os seus pedidos e com todas as suas súplicas...

Enquanto isso, a Maintenon empurrara a caixinha às mãos da Scuderi, e eis que então Cardillac caiu de joelhos... beijou a barra da saia da Scuderi... suas mãos... gemeu... suspirou... chorou... soluçou... levantou de um salto... correu como um louco, derrubando poltronas, mesas e fazendo vidro e porcelanas tilintarem, deixando as duas mulheres para trás a toda pressa...

Muito assustada, a Scuderi exclamou:

— Pelo amor de todos os santos, o que está acontecendo com esse homem!

Mas a marquesa, em um humor especialmente alegre e se comportando de um modo que de resto lhe era totalmente estranho, deu uma sonora gargalhada e disse:

— Então era isso, senhorita, mestre René está mortalmente apaixonado por vós, e começa, seguindo as regras corretas e os costumes testados e comprovados da verdadeira galanteria, a assediar vosso coração com presentes riquíssimos.

A Maintenon ainda alongou-se na brincadeira, alertando a Scuderi que não fosse tão cruel com o amante desesperado, e esta, cedendo espaço a um humor inato, foi arrastada à torrente borbulhante de milhares de ideias divertidas. Observou que ela, caso as coisas realmente fossem como estavam parecendo e ela realmente enfim se declarasse vencida, por certo não poderia deixar de contar ao mundo a história inacreditável de uma senhorita de nobreza irrepreensível, que se tornara noiva de um ourives aos setenta e três anos. A Maintenon se ofereceu para trançar a coroa da noiva e lhe ensinar as obrigações de uma boa dona de casa, das quais por certo uma criancinha inexperiente como ela pouco deveria saber.

Uma vez que a Scuderi enfim resolveu se levantar para deixar a casa da marquesa, voltou a se fazer de bem séria, apesar de toda a brincadeira cheia de risos, ao tomar a caixinha de joias nas mãos. Ela disse:

— Ora, senhora marquesa! Eu jamais conseguirei fazer uso destes suntuosos brilhantes. Eles estiveram, seja lá como isso tenha acontecido, nas mãos daqueles sujeitos infernais, que com o atrevimento do diabo, sim, talvez até em um pacto condenado com ele, roubam e assassinam. Apavoro-me diante do sangue que parece estar grudado nessas joias reluzentes... E agora, ainda por cima, preciso confessá-lo, até mesmo a conduta de Cardillac assumiu para mim algo estranhamente amedrontador e sinistro. Não consigo fugir a uma intuição sombria de que por trás disso tudo se esconde um mistério medonho e terrível. Por outro lado, quando avalio a história inteira, com todas as suas circunstâncias, trazendo-a à nitidez de meus olhos, não consigo sequer imaginar, nem mesmo de longe, em que consiste esse mistério, e como o honesto e galhardo mestre René, modelo de um cidadão bondoso e devoto, possa ter algo a ver com algo mau e condenado à danação. Uma coisa é certa, todavia. Eu jamais me atreverei a usar essas joias.

A marquesa observou que isso seria levar os escrúpulos um pouco longe demais; mas como a Scuderi a trouxe de volta à consciência lhe perguntando o que ela faria em seu lugar, a Maintenon respondeu com seriedade e segurança:

— Muito antes jogaria as joias no Sena do que usá-las algum dia.

A cena com o mestre René levou a Scuderi a versos dos mais encantadores, que ela leu ao rei na noite seguinte, nos aposentos da Maintenon. Talvez somente à custa de mestre René, que triunfou sobre todo o receio causado por alguma intuição sinistra, ela tenha conseguido dar cores vívidas à imagem cativante da senhorita oriunda de uma nobreza ancestral, que se torna noiva de um ourives aos setenta e três anos. Foi o que bastou, o rei gargalhou até o mais íntimo de seu ser e jurou que Boileau-Despréaux havia encontrado seu mestre, motivo pelo qual o poema da Scuderi foi tido como o mais espirituoso e engraçado já escrito.

VÁRIOS MESES HAVIAM SE PASSADO QUANDO O ACASO QUIS que a senhorita de Scuderi passasse pela Pont Neuf na carruagem de vidro da duquesa de Montansier. A invenção da carruagem de vidro ainda era tão recente que o povo, cheio de curiosidade, se acotovelava quando um coche do tipo aparecia na rua.

Assim aconteceu também que o povo embasbacado envolveu a carruagem da Montansier no meio da Pont Neuf, quase freando os passos dos cavalos. Foi então que a Scuderi percebeu de repente alguns insultos e maldições e viu como alguém abria espaço em meio à densa multidão, dando socos e cotoveladas para todos os lados. E quando ele se aproximou, ela foi atingida pelos olhares penetrantes de um rosto de adolescente pálido como a morte e contorcido de desgosto. A criatura jovem não tirava os olhos dela, enquanto trabalhava rudemente com cotovelos e punhos para abrir caminho, até chegar à porta da carruagem, que abriu com uma pressa tempestuosa, e jogar um bilhete ao colo da Scuderi, para enfim, distribuindo e recebendo socos e pancadas, desaparecer do mesmo jeito que chegara.

Com um grito de horror, assim que a criatura apareceu na porta da carruagem, a Martiniere, que se encontrava com a Scuderi, caíra desmaiada sobre as almofadas do banco. Em vão a Scuderi puxou no barbante preso ao braço do carneiro e gritou ao cocheiro para que parasse. Este, como se tangido por maus espíritos, chicoteava sem parar os cavalos, que, bufando e espirrando a espuma de suas bocas, coiceavam em volta e se empinaram até enfim conseguirem trotar adiante atravessando a ponte com estardalhaço.

A Scuderi despejou seu frasquinho de cheiro sobre a mulher desmaiada, que enfim abriu os olhos e, tremendo e estremecendo, agarrando-se convulsivamente a sua ama, com o medo e o horror estampados no semblante pálido, gemeu com dificuldades:

— Pelo amor da santa virgem! O que essa criatura terrível queria? Ah! Foi ela, sim, foi ela, a mesma criatura que naquela noite cheia de horror vos trouxe a caixinha!

A Scuderi acalmou a pobre ao lhe mostrar que nada de assim tão mau havia acontecido, e que importava apenas saber o que o bilhete continha. Em seguida desdobrou a folhinha e encontrou nela as seguintes palavras:

> Uma terrível fatalidade que vós conseguistes evitar agora me precipita ao abismo!
>
> Eu vos imploro, como um filho à mãe, que ele não consegue abandonar, no fervor mais intenso do amor infantil, a mudar algo no colar e nas pulseiras que recebestes através de mim, a levá-los ao mestre René Cardillac, inventando

um pretexto qualquer — por exemplo, dizendo que quereis melhorar algo nas peças.

Vosso bem-estar, vossa vida depende disso. Se não o fizerdes até depois de amanhã, invadirei vossa casa e me matarei diante de vossos olhos!

— Eis que agora é certo que — disse a Scuderi, quando acabou de ler o que estava escrito no bilhete —, pertença ou não a criatura misteriosa ao bando de ladrões e assassinos infames, ela nada pretende fazer contra mim. Se ela tivesse conseguido falar comigo naquela noite, talvez a sucessão estranha, a relação sombria entre as coisas, não tivesse ficado translúcida para mim, sobre a qual agora aliás procuro em vão adquirir alguma clareza, por menor que seja. Mas as coisas também podem andar como quiserem, o que me é pedido neste bilhete, eu farei, ainda que seja apenas para eu me livrar dessas joias malfadadas, que mais me parecem talismãs diabólicos. Cardillac, fiel ao seu comportamento habitual, por certo não irá querer abrir mão delas depois de prontas.

A Scuderi pensava em levar as joias já no dia seguinte ao ourives. Mas era como se todos os espíritos iluminados de Paris tivessem entrado em combinação para assolar a senhorita com versos, peças dramáticas e anedotas justamente naquela manhã. Mal la Chapelle havia terminado a cena de uma tragédia e garantido, de forma astuta, que agora com certeza estava pronto a derrotar Racine, quando este entrou em pessoa e o jogou ao chão com o discurso patético de um rei qualquer, até que Boileau disparou suas balas luminosas ao céu trágico e negro, apenas para não continuar ouvindo eternamente as balelas sobre as colunatas do Louvre, nas quais o arquitético doutor Perrault o enclausurara.

O meio-dia já avançara, a Scuderi precisava ir até a duquesa de Montansier, e assim a visita ao mestre René Cardillac foi adiada para a manhã seguinte.

No entanto, a senhorita de Scuderi se sentia torturada por uma inquietude peculiar. A jovem criatura não saía da frente de seus olhos, e uma sombria lembrança parecia querer se levantar do mais profundo de seu ser, como se algum dia ela já tivesse visto aquele semblante, aqueles traços.

O mais leve de seus cochilos era perturbado por sonhos carregados de medo, ela se sentia como se tivesse perdido a oportunidade, de maneira leviana e até mesmo digna de punição, de oferecer ajuda agarrando a mão que aquele infeliz, já mergulhando no abismo, lhe estendia. Sim, como se estivesse em seu poder dirigir um acontecimento funesto, um crime irremediável!

Logo que a manhã seguinte chegou, ela mandou que a vestissem e foi, munida da caixinha de joias, até o ourives.

Para a rua Nicaise, lá, onde Cardillac morava, também o povo se dirigia, aglomerando-se diante da porta da casa... E todo mundo gritava, fazia barulho, bramia... Eles queriam entrar de roldão, e só eram contidos com esforço pela Maréchaussée, que cercava a casa. No burburinho selvagem e confuso, vozes furiosas berravam:

— Arrebentem, moam o assassino maldito a pauladas!

Por fim, aparece Desgrais com uma numerosa tropa, e abre passagem em meio ao amontoado de gente. A porta da casa é escancarada, uma criatura carregada de correntes é trazida para fora e arrastada para longe debaixo das maldições mais cruéis do populacho enfurecido...

No instante em que a Scuderi, meio desmaiada de susto por causa da intuição terrível, percebe o que estava acontecendo, um grito estridente de lamentação chega a seus ouvidos.

— Adiante! Avancemos mais! — ela grita completamente fora de si ao cocheiro, que com uma reviravolta rápida e habilidosa consegue espalhar o amontoado de gente e estacionar bem perto da porta da casa de Cardillac.

Ali a Scuderi vê Desgrais, e uma mocinha a seus pés, bela como o dia, de cabelos desfeitos, seminua, medo e desespero inconsolável no semblante. Ela agarra os joelhos de Desgrais e grita, no tom da dor mortal mais terrível e mais cortante:

— Mas ele é inocente! Ele é inocente!

Em vão são os esforços de Desgrais, em vão os esforços de seu pessoal em arrancá-la dali, em levantá-la do chão. Um sujeito forte e rude por fim agarra com seus punhos brutos os braços da moça, e a arrasta com violência para longe de Desgrais, cambaleia sem jeito e solta-a; a mocinha cai pelas escadarias de pedra abaixo e, sem o menor barulho, tomba... inerte em meio à rua.

A Scuderi não consegue se conter por mais tempo.

— Em nome de Cristo, o que aconteceu, o que está se passando aqui? — ela grita, abre às pressas a porta da carruagem e desembarca...

Respeitoso, o povo abre caminho à nobre dama que, ao ver como algumas mulheres piedosas erguem a menina do chão e a sentam sobre os degraus, esfregando sua testa com aguardente, se aproxima de Desgrais e repete sua pergunta com decisão.

— O terrível se passou — diz Desgrais —, René Cardillac foi encontrado hoje pela manhã, assassinado com uma punhalada. Seu aprendiz e ajudante Olivier Brusson é o assassino. Ele acabou de ser levado à prisão.

— E a mocinha? — grita a Scuderi.

— É — interrompe Desgrais —, é Madelon, a filha de Cardillac. O rapaz infame era seu amante. Agora ela está chorando e se lamentando, e grita sem parar que Olivier é inocente, completamente inocente. Quando na verdade ela deve saber do crime, o que me obriga a mandar que a levem à Conciergerie. — Enquanto falava, Desgrais lançou à moça um olhar ameaçador e malevolamente satisfeito, diante do qual a Scuderi chegou a tremer. Nesse mesmo instante, a moça voltava a respirar lentamente, mas, ainda incapaz de um som ou de um movimento que fosse, jazia ali de olhos cerrados, e ninguém sabia o que fazer, se a levavam para dentro de casa ou se continuavam socorrendo-a até que despertasse de todo.

Profundamente comovida, com lágrimas nos olhos, a Scuderi olhou para o anjo inocente, e sentiu pavor diante de Desgrais e seus sequazes. Então ruídos surdos se fizeram ouvir na escada: traziam o cadáver de Cardillac. Decidindo-se às pressas, a Scuderi exclamou em voz alta:

— Eu levo a moça comigo, e vós por favor vos preocupeis com o resto, Desgrais!

Um murmúrio sombrio de apoio percorreu o povo. As mulheres ergueram a moça ao alto, todo mundo se aproximava, centenas de mãos se esforçavam em ajudar, e, como se estivesse pairando no ar, a moça foi carregada até a carruagem, enquanto bênçãos à digníssima dama, que arrancara a inocência das garras do tribunal sanguinário, brotavam dos lábios de toda aquela gente.

Os esforços de Seron, o mais famoso médico de Paris, conseguiram enfim trazer Madelon, que ficou durante horas em uma imobilidade rígida, de volta a si. A Scuderi terminou o que o médico havia começado, fazendo algum raio de esperança iluminar a alma da mocinha, até que uma violenta torrente de lágrimas, que se precipitou de seus olhos, lhe devolveu de vez a respiração. Ela logrou, já que apenas de quando em vez a supremacia da dor mais perfurante sufocava as palavras em soluços profundos, contar em detalhes como tudo havia acontecido.

POR VOLTA DA MEIA-NOITE, ELA HAVIA SIDO DESPERTADA POR batidas leves na porta de seu quarto e reconhecera a voz de Olivier, que lhe implorava para abrir logo porque seu pai se encontrava à beira da morte. Horrorizada, ela levantara sobressaltada e abrira a porta. Olivier, pálido e desfigurado, banhado em suor, teria se dirigido a passos trôpegos até a oficina com o lampião nas mãos, enquanto ela o seguia. Ali, haviam encontrado o pai no chão, de olhos fixos e agonizando na luta contra a morte.

Chorando e gemendo, ela teria se precipitado sobre ele e só então percebido sua camisa coberta de sangue. Olivier a teria afastado com suavidade e em seguida se esforçado em lavar o ferimento do lado esquerdo do peito do pai com bálsamo e depois enfaixá-lo. Enquanto isso, o pai teria voltado à consciência, parado de estertorar e olhado para ela com os olhos animados e cheios de amor, e em seguida também para Olivier.

Depois, tomara a mão dela, deitara-a sobre a mão de Olivier e juntara as duas, apertando-as com força. Ambos, Olivier e ela, teriam caído de joelhos diante do pai. Ele chegara a se erguer com um grito lancinante, mas em seguida teria voltado a cair e, com um suspiro profundo, expirado.

Então os dois teriam gritado e se lamentado. Olivier teria contado como o mestre fora assassinado em sua presença em uma caminhada que fizera com ele em meio à noite, seguindo sua ordem. E como carregara, usando toda sua força, o pesado homem, que não julgava mortalmente ferido, para casa.

Ao romper da aurora, as pessoas que moravam no mesmo prédio, que haviam percebido a barulheira toda, os choros altos e os lamentos durante a noite, teriam subido até onde eles estavam e ainda os teriam encontrado, desconsolados, de joelhos diante do cadáver do pai. Então principiara o estardalhaço, a Maréchaussée invadira o prédio e Olivier fora arrastado para a cadeia como assassino de seu pai.

Madelon acrescentou ainda uma tocante descrição da virtude, da devoção, da fidelidade de seu amado Olivier. Como ele sempre tratara o mestre como se este fosse seu próprio pai, com toda a honra, e como o pai retribuíra seu amor na mesma medida, como ele o elegera seu genro apesar de sua pobreza, porque sua habilidade correspondia à sua fidelidade e à sua índole nobre.

Madelon contou tudo isso do mais íntimo de seu coração e concluiu dizendo que se Olivier tivesse enfiado o punhal no peito do pai na presença dela, ela acharia bem mais fácil considerar que isso fora um embuste de satã do que acreditar que Olivier teria sido capaz de um crime tão terrível e medonho.

A SCUDERI, PROFUNDAMENTE TOCADA PELO SOFRIMENTO INOminável de Madelon e inclinada a considerar o pobre Olivier inocente, fez algumas investigações e viu confirmado tudo o que Madelon havia contado sobre as relações domésticas do mestre com seu aprendiz. As pessoas do prédio, e todos os vizinhos, louvaram Olivier de forma uníssona como um modelo de comportamento e conduta devota, fiel e diligente. Ninguém sabia algo de ruim sobre o rapaz, e, ainda assim, quando se falava do terrível crime, todos davam de ombros e achavam que naquilo tudo havia algo incompreensível.

Olivier, levado à *Chambre ardente*, negou, conforme a Scuderi veio a saber, com a maior tranquilidade, com a mais clara das franquezas, o crime de que era acusado, e afirmou que seu mestre havia sido atacado na rua em sua presença e derrubado, mas que ele ainda o arrastara vivo para casa, onde o ourives pouco depois teria morrido. Também isso estava de acordo com a narrativa de Madelon.

A Scuderi não se cansava de pedir que as menores cir cunstâncias do medonho acontecimento lhe fossem repetidas. Ela investigou com cuidado se alguma vez houvera uma disputa entre mestre e aprendiz, se Olivier talvez não fosse completamente livre daquela cólera que muitas vezes ataca com demência cega os seres mais bondosos e os leva a cometer crimes que parecem excluir toda e qualquer possibilidade de livre-arbítrio em uma ação. Mas, quanto mais entusiasmada Madelon falava da calma ventura doméstica, na qual as três pessoas viviam unidas pelo mais íntimo dos amores, tanto mais desaparecia qualquer sombra de suspeita contra um Olivier já acusado à pena de morte.

Examinando tudo com o maior cuidado, partindo do ponto de vista de que Olivier, apesar de tudo que depunha a favor de sua inocência, ainda assim era o assassino de Cardillac, a Scuderi não encontrou no reino das possibilidades um motivo sequer para o terrível crime, que de uma forma ou de outra acabaria destruindo a ventura de Olivier...

— Ele é pobre, mas habilidoso... Consegue ganhar a simpatia do mestre mais famoso, ama a filha do mesmo, o mestre protege seu amor, a ventura, o bem-estar para uma vida inteira se descortinam para ele! Mas, digamos que, Deus sabe lá por que motivo e incomodado de que maneira, Olivier tenha sido dominado pela cólera e tenha atacado criminosamente seu benfeitor, seu pai... Que hipocrisia diabólica seria necessária para se comportar como ele se comportou depois do crime!

Absolutamente convencida da inocência de Olivier, a Scuderi tomou a decisão de salvar o jovem sem culpa, custasse o que custasse.

Parecia-lhe que, antes de talvez invocar o beneplácito do próprio rei, o melhor a fazer seria se dirigir ao presidente la Regnie e chamar sua atenção a todas as circunstâncias que depunham a favor da inocência de Olivier, e assim talvez despertar na alma do presidente uma convicção interna favorável ao acusado, que em seguida seria transferida de modo benfazejo aos juízes.

La Regnie recebeu a Scuderi com o mais elevado respeito, ao qual a nobre dama, altamente admirada pelo próprio rei, por certo tinha todo o direito. Ele ouviu em silêncio tudo o que a senhorita tinha a dizer sobre o terrível crime, sobre a situação de Olivier, sobre seu caráter. Um sorriso leve, quase irônico, era tudo que ele manifestava, e ao mesmo tempo provava que as afirmações, os alertas, acompanhados por lágrimas frequentes, de que nenhum juiz deveria se considerar inimigo do acusado, mas sim prestar atenção em tudo que pudesse depor a favor dele, não chegava a ouvidos completamente surdos.

Quando a senhorita enfim silenciou, completamente esgotada e secando as lágrimas dos olhos, la Regnie principiou:

— É bem digno de vosso excelente coração, minha senhorita, que vós, tocada pelas lágrimas de uma mocinha apaixonada, acreditais em tudo que ela diz, sim, e que até mesmo não sejais capaz de aceitar a ideia de um crime tão medonho. Mas bem diferente é o caso do juiz, que está acostumado a arrancar a máscara da hipocrisia mais insolente. Embora não faça parte de meus encargos explicar o andamento de um processo criminal a todo aquele que me perguntar, asseguro à senhorita que cumprirei minha obrigação, e que pouco me importa o julgamento do mundo. Os maus devem tremer ante a *Chambre ardente*, que não conhece outra punição a não ser o sangue e o fogo. Mas diante de vós, minha digna senhorita, eu não gostaria de ser considerado um monstro de dureza e crueldade, por isso permiti que com poucas palavras eu vos exponha aos olhos a culpa sangrenta do jovem criminoso que, graças sejam dadas aos céus!, sucumbiu às invocações da vingança. Vosso espírito agudo a partir de então desprezará até mesmo a bondade que vos faz tão digna, mas em mim sequer seria adequada... Pois bem! René Cardillac é encontrado pela manhã, assassinado com um golpe de punhal. Com ele não é encontrado ninguém, a não ser seu aprendiz Olivier Brusson e a filha. No quartinho de Olivier, é encontrado, entre outras coisas, um punhal tingido de sangue fresco, que cabe com exatidão no ferimento. "Cardillac foi", diz Olivier, "atacado diante de meus olhos, à noite."... "Queriam roubá-lo?"... "Disso eu não sei!"... "Tu saíste com ele e não te foi possível defendê-lo contra o assassino? Agarrar o criminoso? Gritar por socorro?"... "O mestre caminhava quinze, talvez vinte passos à minha frente, eu apenas o seguia."... "Mas por que, pelos céus, tanta distância?"... "O mestre assim o queria."... "O que, aliás, mestre Cardillac tinha a fazer na rua tão tarde na noite?"... "Isso eu não sei dizer."... "Mas de resto ele jamais chegava em casa depois das nove, não é verdade?"... Aqui Olivier estaca, ele está abalado, suspira, derrama lágrimas, jura por tudo quanto é sagrado que Cardillac naquela noite de fato quis sair e acabou morrendo. Todavia, percebei também o seguinte, minha senhorita. Está provado com a mais absoluta das certezas que Cardillac não deixou a casa naquela noite. Portanto, a afirmação de Olivier, de que teria realmente saído com ele, não passa de uma mentira descarada. A porta do prédio é provida de uma pesada fechadura, que, ao ser aberta e trancada, faz um ruído dos mais estridentes, e em seguida a aba da porta ainda se move, rangendo e chiando insatisfeita nos gonzos, de modo que, conforme foi comprovado por exames que repetiram o movimento, a barulheira ecoa até mesmo no andar mais alto do prédio. Pois bem. No andar mais baixo, e portanto bem próximo da porta de entrada, mora o velho mestre Claude Patru com sua criada. Trata-se de uma pessoa de quase oitenta anos, mas ainda bem ágil e animada. Os dois ouviram como Cardillac, seguindo seu costume, subiu as escadarias diante do prédio pontualmente às nove horas naquela noite, trancou a porta com muito barulho, colocando o ferrolho em seu devido lugar, e depois subiu à sua casa, leu a bênção noturna em voz alta e em seguida, conforme foi possível constatar pela porta batida, foi para seu quarto. O mestre Claude sofre de insônia, conforme aliás costuma acontecer com pessoas de idade. Também naquela noite ele não conseguiu pregar os olhos. Por isso, a criada, deveriam ser por volta das dez horas, acendeu o lampião da cozinha, até a qual ela chegou atravessando o corredor do prédio, e foi se sentar com o mestre Claude à mesa, com uma antiga crônica, que ela lhe leu em voz alta, enquanto o velho, perdido em seus pensamentos, ora se sentava na poltrona, ora voltava a se levantar e, para se cansar e enfim ficar com sono, caminhava de um lado a outro do quarto, em silêncio. Foi então que ambos ouviram passos rápidos no andar de cima, uma queda brusca, como se um enorme peso caísse ao chão, e logo em seguida um gemido surdo. Os dois foram tomados por uma angústia e um medo estranhos. O terror do crime terrível que acabava de ser cometido chegou até eles...

Ao clarear, pela manhã, veio à luz tudo que principiara na escuridão.

— Mas — interrompeu-o a Scuderi —, pelo amor de todo os santos, sois capaz de imaginar algum motivo para esse crime infernal depois de todas as circunstâncias que vos expus em detalhes?

— Hum... — replicou la Regnie —, Cardillac não era pobre... Tinha em seu poder pedras maravilhosas.

— E, por acaso — prosseguiu a Scuderi —, a filha não herdaria tudo? Vos esqueceis de que Olivier se tornaria genro de Cardillac.

— Talvez ele tivesse sido obrigado a dividir, ou até mesmo apenas a matar por ordem de outros — disse la Regnie.

— Dividir, matar por ordem de outros? — perguntou a Scuderi, manifestando grande espanto.

— Sabeis — prosseguiu o presidente —, minha senhorita, que Olivier há tempo já estaria sangrando na praça de Grève se o seu crime não mostrasse alguma relação com o mistério profundamente encoberto que até agora imperou de modo tão ameaçador sobre a cidade de Paris inteira. Olivier, ao que tudo indica, pertence àquele bando infame que, zombando de toda a atenção, de todos os esforços, de todas as investigações dos tribunais de justiça, soube encaminhar sem ser punido todos os seus golpes. Através dele, tudo será, tudo precisa ser esclarecido. O ferimento de Cardillac é bem semelhante aos daqueles que foram assassinados e saqueados nas ruas e nos corredores de suas casas. Mas o mais decisivo ainda não foi dito. Desde o dia em que Olivier Brusson foi preso, todos os assassinatos, todos os assaltos cessaram. As ruas estão tão seguras à noite quanto de dia. Prova suficiente de que Olivier talvez liderasse aquele bando de assassinos. Ele ainda não quer confessar, mas existem meios para fazê-lo falar contra sua vontade.

— E Madelon — exclamou a Scuderi —, e Madelon, a pombinha fiel e inocente.

— Ai, ai, ai — disse la Regnie com um sorriso venenoso —, quem pode me garantir que ela não faz parte do complô? O que lhe importava o pai? Suas lágrimas foram derramadas apenas por causa do jovem assassino.

— Mas o que estais dizendo — gritou a Scuderi —, não é possível; o próprio pai! E sendo aquela, a menina?

— Oh! — prosseguiu la Regnie. — Oh! Pensai apenas na marquesa de Brinvillier! Só posso pedir que me perdoeis se eu talvez em breve for obrigado a arrancar de vossas mãos a vossa protegida e mandar jogá-la à Conciergerie.

A Scuderi foi tomada de horror diante dessa terrível suspeita. Para ela, era como se nem a fidelidade nem a virtude valessem alguma coisa diante daquele homem medonho, como se até nos pensamentos mais profundos e mais secretos ele espreitasse apenas morte e sangue. Ela se levantou:

— Sede humano — isso foi tudo que ela ainda conseguiu pronunciar, angustiada e respirando com dificuldades.

Já prestes a descer as escadarias às quais o presidente a acompanhara com educação cerimoniosa, veio-lhe uma ideia estranha, que nem mesmo ela sabia de onde:

— Por acaso ser-me-ia permitido ver o infeliz Olivier Brusson? — foi o que ela perguntou ao presidente, voltando-se repentinamente para ele.

Este a olhou com a expressão pensativa, depois seu rosto se contorceu forçando um sorriso que lhe era característico.

— Com certeza — disse ele —, minha digna senhorita, quereis testar a culpa ou a inocência de Olivier *tête-à-tête*, confiando mais em vosso sentimento, em vossa voz interior do que naquilo que vimos diante de nossos olhos. Caso não vos incomode a presença sombria do crime, caso não vos pareça odioso ver as imagens do repúdio em todas as suas cores e matizes, as portas da Conciergerie se abrirão para vós em duas horas. Alguém vos apresentará esse Olivier, cujo destino instiga tanto vossa compaixão.

E realmente a Scuderi não conseguia se convencer da culpa do rapaz. Tudo depunha contra ele, sim, nenhum juiz do mundo teria agido de forma diferente da de la Regnie, sendo os fatos assim tão claros e definitivos. Mas a imagem da ventura doméstica, conforme Madelon a apresentara nos mais vívidos traços aos olhos da Scuderi, suplantava qualquer suspeita malévola, e assim ela preferia aceitar a existência de um mistério inexplicável a acreditar naquilo que todo seu íntimo repudiava.

Ela pensava em pedir que Olivier contasse mais uma vez como tudo se passara naquela noite fatídica, para penetrar tanto quanto possível em um segredo que talvez permanecesse oculto aos juízes porque lhes parecia não valer a pena continuar se ocupando dele.

Depois de chegar à Conciergerie, levaram a Scuderi a um aposento claro e espaçoso. Logo em seguida, ela ouviu o arrastar de correntes. Olivier Brusson foi trazido até ela. Mas, assim que este chegou à soleira da porta, a Scuderi caiu desmaiada sobre sua cadeira. Quando voltou a recobrar os sentidos, Olivier havia desaparecido. Ela pediu com insistência que a levassem até o coche, para ir embora, queria ir embora imediatamente, e sair dos aposentos da infâmia injuriosa.

Ah! Já à primeira vista ela reconhecera em Olivier Brusson o rapaz que jogara aquele bilhete dentro de sua carruagem quando ela passava pela Pont Neuf, aquele que lhe trouxera a caixinha com as joias... Agora, toda e qualquer dúvida havia sido eliminada, e a suspeita terrível de la Regnie confirmada, absolutamente confirmada. Olivier Brusson fazia parte do terrível bando assassino, e com certeza matara também o mestre!

Mas e Madelon?

A Scuderi jamais fora tão amargamente iludida por seus sentimentos. Levada ao contato com a morte pelo poder infernal que vigora na terra, em cuja existência aliás não acreditava, ela estava desesperada e já duvidava de toda e qualquer verdade. Concedeu espaço à suspeita horrível de que Madelon poderia estar agindo em conluio e ter participado do crime sangrento. Assim como acontece com o espírito humano, que procura com insistência as cores para pintar uma imagem que lhe ocorre, e não apenas acaba encontrando-as como também elas vão ficando mais e mais berrantes, a Scuderi agora também achava que, analisando todas as circunstâncias do crime e o comportamento de Madelon em seus mínimos detalhes, havia muito que alimentava aquela suspeita. E, assim, algumas das evidências que até agora lhe pareciam provas da inocência e da pureza da mocinha se transformaram em sinal garantido de uma maldade insidiosa, de uma hipocrisia estudada. Aqueles lamentos que arrebentavam seu coração, as lágrimas sangrentas poderiam muito bem ter sido arrancadas ao medo da morte, à vontade de não ver o sangue do amante, sim... e até ao temor de sucumbir ela mesma debaixo da mão do carrasco.

Ela queria se livrar logo da cobra que alimentava em seu seio. Foi com a decisão já tomada que a Scuderi desembarcou de seu coche. Ao entrar em seus aposentos, Madelon se jogou aos seus pés. Os olhos celestiais, um anjo enviado por Deus não os teria voltado com mais fidelidade à dama, as mãos unidas diante dos seios trêmulos, a moça se lamentou e implorou por socorro e consolo.

A Scuderi, logrando se conter apenas com esforço, disse, tentando dar ao tom de sua voz o máximo de seriedade e de tranquilidade possíveis:

— Vai... Vai... E te consola com o assassino que aguarda a punição justa para seus terríveis crimes... Que a santa virgem evite que também sobre ti não pese uma culpa tão sangrenta.

— Ah, agora está tudo perdido!

Com essa exclamação estridente, Madelon caiu desmaiada ao chão.

A Scuderi deixou Martiniere cuidar da moça e se dirigiu a outro aposento.

Completamente dilacerada por dentro, desiludida com tudo o que é terreno, a Scuderi não desejava mais continuar vivendo em um mundo tão cheio de enganos diabólicos. Vociferou contra a fatalidade, que lhe concedera por tantos anos reforçar sua crença na virtude e na fidelidade, e agora, em avançada idade, aniquilava a bela imagem que a animara em sua vida inteira.

E logo em seguida percebeu como a Martiniere levava Madelon embora, enquanto esta suspirava baixinho e se lamentava:

— Ah! Também *ela*... Também *ela* foi cativada pelos desumanos... Eu, miserável... Pobre e infeliz Olivier!

O som daquela voz penetrou no coração da Scuderi, e mais uma vez se levantou nas profundezas de seu ser a intuição de um mistério não revelado, a fé na inocência de Olivier. Acossada pelos sentimentos mais contraditórios, completamente fora de si, a Scuderi exclamou:

— Que espírito do inferno me envolveu assim nessa história terrível, que ainda haverá de me custar a vida!

Naquele momento entrou Baptiste, pálido e assustado, com a notícia de que Desgrais se encontrava esperando-a do lado de fora. Desde o processo abominável da la Voisin, o aparecimento de Desgrais em uma casa era o prenúncio certo de alguma acusação tormentosa, disso advinha o susto de Baptiste, e por isso a senhorita lhe perguntou com um sorriso suave:

— O que se passa contigo Baptiste? Ah, é mesmo! Por acaso o nome Scuderi se encontrava na lista da la Voisin?

— Ah, em nome de Cristo — replicou Baptiste, tremendo pelo corpo todo —, como sois capaz de pronunciar uma coisa dessas, mas Desgrais... o terrível Desgrais se comporta de modo tão misterioso, tão insistente, parece não poder esperar o momento de vos ver!

— Pois então — disse a Scuderi —, pois então, Baptiste, conduze-o até aqui dentro logo de uma vez, esse homem que te parece tão terrível e que *para mim*, pelo menos, não pode significar nenhuma preocupação...

— O presidente la Regnie — disse Desgrais ao entrar no aposento — me manda até vós, minha senhorita, com um pedido, que ele sequer ousaria pretender que fosse atendido, caso não conhecesse vossa virtude, vossa coragem, caso o último meio de revelar um crime sanguinário não estivesse em vossas mãos, caso por vossa própria vontade já não tivésseis participado do processo maligno, que deixa atônita a *Chambre ardente*, que deixa atônitos a todos nós. Olivier Brusson, desde que vos viu, está completamente fora de si. Por mais que já estivesse se inclinando à confissão, agora voltou a jurar por Cristo e por todos os santos que não tem absolutamente nenhuma culpa no assassinato de Cardillac, embora aceite com gosto a condenação à morte, que aliás diz merecer. Percebei, minha senhorita, que o último acréscimo parece apontar para outros crimes que pesam sobre ele. Mas são baldados todos os esforços em lhe arrancar uma só palavra a mais, mesmo a ameaça de tortura não resultou em nenhum fruto. Ele implorou, ele intercedeu que providenciássemos uma conversa convosco, a *vós*, apenas a *vós*, ele diz querer confessar tudo. Condescendei, minha senhorita, e ouvi a confissão de Brusson.

— Como! — exclamou a Scuderi, extremamente indignada. — Por acaso devo servir de instrumento ao tribunal sanguinário, por acaso devo abusar da confiança dessa criatura infeliz, levá-la ao cadafalso? Não, Desgrais! Mesmo que Olivier Brusson seja um assassino infame, jamais me seria possível traí-lo de modo tão insidioso. Não quero saber nada a respeito dos segredos e mistérios dele, que por certo, caso revelados, ficariam encerrados em meu peito como uma confissão sagrada.

— Talvez — acrescentou Desgrais com um leve sorriso —, talvez, minha senhorita, vossa opinião mude depois de ouvirdes Brusson. Por acaso não pedistes, vós mesma, ao presidente, que ele fosse humano? Ele o está sendo ao ceder às exigências estúpidas de Brusson, e assim tenta o último meio antes de aplicar a tortura, para a qual o rapaz aliás há tempo já está pronto.

A Scuderi estremeceu involuntariamente.

— É preciso dizer ainda — prosseguiu Desgrais —, digníssima dama, que de modo nenhum seria exigido de vós adentrar mais uma vez aqueles aposentos sombrios, que vos enchem de horror e aversão. Na calada da noite, sem chamar a mínima atenção de quem quer seja, Olivier Brusson seria trazido até vós, até vossa casa, como se fosse um homem livre. Sem nem mesmo ser ouvido em segredo por nós, mas por certo vigiado, ele poderá então confessar tudo a vós. Que vós não precisareis temer nada da parte do miserável, isso eu vos garanto com minha própria vida. Ele fala de vós com a mais fervorosa veneração. Jura que apenas a fatalidade sombria que o impediu de vos ver mais cedo é que o precipitou à morte. E, ademais, ficará por vossa conta dizer o quanto quiserdes daquilo que Brusson vos revelar. E por acaso seria possível obrigar-vos a mais do que isso?

A Scuderi baixou os olhos, refletindo profundamente. Era como se ela se sentisse obrigada a ceder ao poder superior que exigia dela ouvir a revelação de um algum mistério terrível, como se ela não pudesse mais se livrar dos emaranhados mirabolantes em que caíra involuntariamente. De repente decidida, ela falou com dignidade:

— Deus haverá de me dar serenidade e constância. Trazei Brusson para cá, vou falar com ele.

Assim como na época em que Brusson trouxera a caixinha, bateram à porta da casa de Scuderi à meia-noite. Baptiste, avisado da visita noturna, abriu. Um arrepio gelado percorreu a Scuderi quando reconheceu nos passos leves, nos murmúrios surdos, que os guardas que traziam Brusson já estavam se postando nos corredores da casa.

Enfim a porta do aposento se abriu sem ruído. Desgrais entrou, e atrás dele Olivier Brusson, sem algemas, decentemente vestido.

— Aqui está — disse Desgrais, fazendo uma mesura reverente —, aqui está Brusson, minha digna senhorita! — e deixou o recinto.

Brusson caiu sobre ambos os joelhos diante da Scuderi e, implorando, levantou suas mãos unidas, enquanto lágrimas corriam em profusão de seus olhos.

A Scuderi baixou os olhos para ele, pálida, incapaz de dizer uma palavra sequer. Mesmo nos traços desfigurados, sim, distorcidos pelo pesar, pela dor feroz, brilhava a expressão pura da mais fiel das índoles no semblante do rapaz. Quanto mais tempo a Scuderi deixava seus olhos descansarem sobre o rosto de Brusson, tanto mais vivaz lhe voltava a recordação de alguma pessoa amada, da qual ela não lograva se lembrar com exatidão. Todos os arrepios passaram, ela esqueceu que era o assassino de Cardillac que se encontrava ajoelhado diante dela, e falou com o tom encantador do bem-querer mais tranquilo que lhe era próprio:

— Pois bem, Brusson, o que tendes a me dizer?

Este, ainda ajoelhado, suspirou manifestando a profundidade e o fervor de sua tristeza, e em seguida disse:

— Oh, minha digna, minha admirável senhorita, por acaso todos os rastros de recordação que tendes de mim se apagaram dentro de vós?

A Scuderi, contemplando-o com atenção ainda maior, replicou que por certo encontrara nos traços dele a semelhança com uma pessoa muito amada, e que era apenas a essa semelhança que ele devia o fato de ela conseguir superar a aversão profunda diante do assassino e se mostrar disposta a ouvi-lo com toda a calma. Brusson, profundamente ferido por essas palavras, levantou-se às pressas e recuou um passo, o olhar sombrio voltado para o chão. E em seguida disse em voz abafada:

— Por acaso vos esquecestes completamente de Anne Guiot? De seu filho Olivier... O garoto que vós embalastes tantas vezes sobre vossos joelhos é quem se encontra diante de vós.

— Oh, pelo amor de todos os santos! — exclamou a Scuderi, enquanto afundava nos estofados da poltrona, cobrindo o rosto com ambas as mãos...

A SENHORITA DE SCUDERI CERTAMENTE TINHA MOTIVOS SUFIcientes para se horrorizar dessa maneira.

Anne Guiot, a filha de um cidadão empobrecido, estivera desde pequena com a Scuderi, que a criara, como a mãe faz com sua filha querida, com todo o amor e cuidado. Quando crescera, um belo e decente rapaz, chamado Claude Brusson, passou a fazer a corte à moça. Uma vez que se tratava de um relojoeiro dos mais habilidosos, que por certo ganharia o suficiente para o seu sustento na cidade de Paris, e que Anne também o apreciava e aprendera a amá-lo, a Scuderi não manifestou nenhuma preocupação em concordar com o casamento da filha adotiva. Os dois jovens se arranjaram, viviam na paz e na ventura da tranquilidade doméstica, e o que tornou ainda mais firme a união amorosa foi o nascimento de um garoto maravilhoso, imagem e semelhança da graciosa mãe.

A Scuderi fez do pequeno Olivier um ídolo, e o arrancava durante horas, durante dias do colo da mãe para o acariciar, para o mimar. Isso fez com que o garoto se acostumasse completamente a ela e gostasse tanto de ficar com a senhorita quanto com a mãe.

Três anos haviam se passado quando a inveja dos colegas de profissão de Brusson fez com que seu trabalho diminuísse a cada dia, de modo que ao final das contas ele mal podia se alimentar. Além disso, havia ainda a saudade de sua bela cidade natal, Genebra, e assim aconteceu que a pequena família se mudou para lá, contra a vontade da Scuderi, que lhes prometera todo o apoio possível.

Anne ainda escrevera algumas vezes a sua mãe adotiva, mas depois silenciou, e esta foi obrigada a acreditar que a vida feliz na cidade natal de Brusson não permitia mais que a lembrança dos dias passados continuasse aflorando.

Haviam se passado exatamente vinte e três anos desde que Brusson deixara Paris com sua mulher e seu filho para se mudar para Genebra...

— OH, TERRÍVEL! — EXCLAMOU A SCUDERI, QUANDO CONseguiu se recuperar um pouco. — Oh, terrível... Olivier, és tu? O filho de minha Anne? E agora!

— Por certo — afirmou Olivier com calma e tranquilidade —, minha digna senhorita, não poderíeis imaginar jamais que o garoto, que vós mimastes como a mais carinhosa das mães, ao qual vós, embalando-o em vosso colo, enfiastes guloseima após guloseima na boca, ao qual destes os apelidos mais doces, amadurecesse a ponto de virar um rapaz que algum dia estivesse à vossa frente acusado de um crime sanguinário e terrível! Eu não sou isento de censuras, com razão a *Chambre ardente* pode me acusar de um crime. Mas, do mesmo modo que é verdade que eu espero morrer bem-aventurado, ainda que seja pela mão do carrasco, estou limpo de todo e qualquer derramamento de sangue. Não foi por mim, nem por minha culpa, que o infeliz Cardillac encontrou a morte!

Olivier começou a tremer e a cambalear ao dizer essas palavras. Em silêncio, a Scuderi apontou para uma pequena poltrona que se encontrava ao lado de Olivier. Ele se deixou cair sobre ela lentamente.

— Eu tive tempo suficiente — principiou ele —, de me preparar para a conversa que teria convosco, e que eu contemplo como a última graça do céu reconciliado, a fim de alcançar tanta calma e serenidade quanto seria necessário para vos contar a história de meu infortúnio terrível e fenomenal. Demonstrai, por favor, a misericórdia de me ouvir calmamente, por mais que a descoberta de um mistério que vós com certeza jamais imaginastes porventura vos surpreenda, e até mesmo encha de horror... Oh, quem dera que meu pai jamais tivesse deixado Paris! Até onde minha recordação de Genebra consegue alcançar, eu sempre me encontro encoberto pelas lágrimas de meus pais inconsoláveis, e levado eu mesmo às lágrimas por suas queixas, que eu não lograva compreender. Mais tarde, me veio a nítida sensação, a plena consciência da penúria mais opressiva, da miséria profunda em que meus pais viviam. Meu pai encontrou todas as suas esperanças desiludidas. Abatido pelo desgosto, oprimido, ele morreu no momento em que conseguiu me acomodar como aprendiz junto a um ourives. Minha mãe falava muito de vós, queria vos contar tudo que estava se passando, mas então foi tomada pelo desânimo que costuma nascer da miséria. Isso, e por certo também um falso pudor, que sói corroer as índoles moribundas, fez com que ela não vos escrevesse conforme havia decidido. Poucas luas depois da morte de meu pai, minha mãe o seguiu ao túmulo.

— Pobre Anne! Pobre Anne! — exclamou a Scuderi, dominada pela dor.

— Graças e louvores ao poder eterno dos céus por ela já ter partido e não ser obrigada a vê-lo tombar, seu filho querido, debaixo da mão do carrasco, estigmatizado pela vergonha. — Foi o que Olivier gritou, lançando um olhar selvagem e terrível ao alto. Fora do aposento, puderam ser ouvidas manifestações de impaciência, os guardas caminhavam de um lado a outro. — Ora, ora — disse Olivier com um sorriso amargo —, Desgrais acorda seus sequazes! Como se eu pudesse fugir *daqui*... Mas sigamos adiante! Eu fui tratado com dureza por meu mestre, embora em pouco tempo começasse a trabalhar bem melhor, sim, e até mesmo enfim superasse em muito o próprio mestre. Certo dia aconteceu que um estranho chegou a nossa oficina para comprar algumas joias. Quando ele viu um belo colar no qual eu havia trabalhado, bateu em meu ombro com um sorriso amistoso e, examinando a joia, disse: "Ai, ai, ai!, meu jovem amigo, mas esse é mesmo um trabalho excelente. Eu realmente não saberia quem, onde quer que seja, seria capaz de superar-vos, além de René Cardillac, que por certo é o melhor ourives do mundo. Deveríeis ir até ele; com alegria ele vos aceitaria em sua oficina, pois apenas *vós* seríeis capazes de ombrear com ele em seu trabalho cheio de arte, e apenas dele, por outro lado, seríeis capazes de ainda aprender alguma coisa." As palavras do estranho haviam penetrado profundamente em minha alma. Eu não encontrava mais a paz em Genebra, e me sentia irresistivelmente atraído para longe. Por fim, consegui me libertar de meu mestre. Cheguei a Paris. René Cardillac me recebeu de modo frio e rude. Eu não desisti, de algum jeito ele precisava me dar trabalho, por mais insignificante que fosse. Cardillac pediu para que eu fizesse um pequeno anel. Quando eu lhe mostrei o trabalho, ele me olhou fixamente com seus olhos fuzilantes, como se quisesse ver nas profundezas mais íntimas do meu ser. Depois disse: "Tu és um aprendiz competente e ousado, podes vir morar comigo e me ajudar na oficina. Vou te pagar bem, tu ficarás satisfeito comigo." Cardillac manteve sua palavra. Eu já estava com ele havia várias semanas e ainda não vira Madelon que, se não me engano, se encontrava no campo na época, na casa de alguma tia de Cardillac. Por fim ela veio. Oh, eterno poder dos céus, como me senti tocado ao ver aquele anjo! Será que algum dia um ser humano já amou tanto quanto eu? E agora! Oh, Madelon!

Olivier não conseguiu mais continuar falando, tanta era a sua dor. Ele mantinha ambas as mãos diante do rosto e soluçava espasmodicamente. Por fim, vencendo à força a dor selvagem que tomara conta dele, prosseguiu falando:

— Madelon me olhou com olhos amáveis. Ela vinha à oficina com uma frequência cada vez maior. Encantado, percebi o amor que ela me dedicava. Por maior que fosse a severidade do pai ao nos vigiar, alguns apertos de mão roubados já davam os sinais da união celebrada, e Cardillac parecia nada perceber. Eu pensei primeiro em conquistar seus favores e me tornar mestre também, para só então fazer a corte a Madelon. Certa manhã, quando eu queria começar meu trabalho, Cardillac veio até mim. A fúria e o desprezo marcavam seu olhar sombrio. "Eu não preciso mais dos teus trabalhos", principiou ele, "sai desta casa agora mesmo, e não volta a aparecer jamais diante de meus olhos. O motivo pelo qual não posso mais tolerar tua presença aqui, eu certamente não preciso mencionar. Para ti, pobre vagabundo, a doce fruta que tentas alcançar está em um galho demasiado alto!" Eu quis dizer alguma coisa, mas ele me agarrou com seu punho forte e me jogou porta afora, a ponto de eu cair e me ferir gravemente na cabeça e no braço... Indignado, dilacerado pela dor furiosa, eu deixei a casa e enfim encontrei um conhecido de boa alma na parte mais distante do subúrbio de Saint Martin. Ele me acolheu em seu sótão. Mas eu não encontrava paz, nem descanso. À noite, perambulava em torno da casa de Cardillac, esperançoso de que Madelon ouvisse meus suspiros e meus lamentos, de que ela talvez lograsse me dizer alguma coisa da janela sem ser ouvida. Passavam pela minha cabeça todo tipo de planos arrojados, de cuja execução eu pretendia convencê-la. A casa de Cardillac, na rua Nicaise, junta-se a um muro alto com arcadas e imagens de pedra antigas e quebradas. Estou em pé junto a uma dessas imagens de pedra certa noite e olho para as janelas da casa que dão para o pátio cercado pelo muro. Eis que então percebo de repente que há luz na oficina de Cardillac. Já é meia-noite, nunca antes Cardillac ficara acordado até essa hora, ele sempre costumava se recolher pontualmente às nove horas. Meu coração bate descompassado ante uma intuição sombria, eu penso em algum acontecimento que talvez possa permitir minha entrada. Mas logo em seguida a luz volta a se apagar. Eu me aperto junto à imagem de pedra, praticamente entrando na arcada, mas recuo horrorizado num átimo ao sentir uma pressão impedindo minha entrada, como se a imagem tivesse adquirido vida. No lusco-fusco da noite, percebo então que a pedra gira lentamente e, de trás da mesma, aparece uma figura sombria que em seguida desce a rua, pé ante pé. Eu volto a me aproximar da imagem de pedra, e ela está, assim como antes, bem colada ao muro. Involuntariamente, como se tangido por uma força interna, sigo de esgueira atrás da figura. Justo quando chega diante de uma imagem de Maria a figura se volta, e o clarão intenso do lampião aceso diante da imagem cai em cheio sobre seu semblante. É Cardillac! Um medo incompreensível, um pavor sinistro toma conta de mim. Como se estivesse imobilizado por algum encanto, eu sou obrigado a seguir adiante... a seguir... o fantasmagórico sonâmbulo. Um sonâmbulo! É isso que penso ser o mestre, ademais é época de lua cheia, quando tais quimeras costumam seduzir os que dormem. Por fim, Cardillac desaparece nas sombras profundas na lateral do caminho. Ao ouvir um pigarreio suave e bem conhecido, percebo que ele se encontra na entrada de uma casa logo depois. "O que significa isso, o que será que ele está pretendendo?", pergunto-me com espanto, e pressiono o corpo junto à parede dos prédios. Não demora muito, e um homem de chapéu empenado e esporas tilintantes aparece cantando e assobiando. Como se fosse um tigre sobre sua presa, Cardillac sai de seu esconderijo e se precipita sobre o homem, que no mesmo instante cai ao chão estertorando. Com um grito de horror, eu dou um salto e me aproximo, Cardillac se encontra sobre o homem que jaz no chão. "Mestre Cardillac, o que estais fazendo?", exclamo em voz alta... "Maldito!", berra Cardillac, passa correndo por mim com a rapidez de um raio e desaparece. Completamente fora de mim, mal conseguindo dar um passo, me aproximo daquele que jaz ao chão. Ajoelho-me junto dele. Talvez, penso, ele ainda possa ser salvo. Mas não há mais sequer um rastro de vida em seu corpo. Em meu medo mortal, mal percebo que a Maréchaussée me cercou. "De novo um foi estirado ao chão pelos demônios... Ei, ei... rapaz, o que estás fazendo aí? Por acaso és algum daquele bando? Vamos te pegar!", assim eles gritam confundindo suas vozes e me agarram.

Eu mal consigo balbuciar que eu jamais seria capaz de cometer um crime tão hediondo, e que eles por favor me deixassem em paz. Então alguém já ilumina meu rosto e grita, rindo: "Mas este é Olivier Brusson, o aprendiz de ourives, que trabalha com nosso honrado e bravo mestre René Cardillac! Sim... É ele que deve estar matando as pessoas na rua! Pelo menos é o que está me parecendo... É bem o jeito que costumam agir, esses assassinos, ficam se lamentando ao lado do cadáver e depois se deixam prender... Ora, ora! Como foi que tudo aconteceu, rapaz? Vamos, conte." E eu: "Bem perto, à minha frente, um homem saltou sobre o coitado, derrubou-o e em seguida se afastou correndo como um raio quando eu gritei. Eu apenas queria ver se o homem que jazia no chão ainda podia ser salvo." Mas então um dos que haviam erguido o cadáver diz: "Não, meu filho, esse já era, coração atravessado, como sempre, por uma punhalada." Outro ainda diz: "Demônio, mais uma vez chegamos tarde demais, exatamente como anteontem." E em seguida eles se afastam levando o cadáver. Como eu estava me sentindo, não sou capaz nem mesmo de dizer. Cheguei a me beliscar, a fim de ver se um pesadelo não fazia troça de mim. Era como se eu logo fosse despertar e me espantar com uma fantasmagoria tão doida... Cardillac... O pai de minha Madelon, um assassino infame! Eu caíra sem forças sobre os degraus de pedra diante de uma casa. A manhã se aproximava cada vez mais com sua claridade, um chapéu de oficial, ricamente decorado com penas, jazia diante de mim sobre o calçamento. A imagem do crime sanguinário de Cardillac, cometido no lugar em que eu me encontrava, voltou a passar com clareza diante dos meus olhos. Horrorizado, me afastei correndo. Completamente confuso, quase inconsciente, eis que estou sentado em meu sótão quando a porta se abre e Cardillac entra. "Em nome de Cristo! O que estais querendo?", eu grito para ele. Ele, sem dar atenção a isso, aproxima-se de mim e sorri com uma calma e uma afabilidade que apenas fazem aumentar minha aversão interior. Depois ele pega um banquinho velho e caquético, empurra-o para junto de mim e senta-se. Eu não logro me levantar do colchão de palha sobre o qual estava jogado. "Pois bem, Olivier", ele principia, "como estás, meu rapaz? Eu preciso dizer que me precipitei de forma bem antipática ao te botar para fora de casa, tu me fazes falta em todas as esquinas e cantos. Justamente agora tenho em mente uma obra que sem tua ajuda eu não seria capaz de executar. Que tal se voltasses a trabalhar em minha oficina? Por que ficas em silêncio? Sim, eu sei que te ofendi. Não queria esconder de ti que estava furioso por causa de teu namorico com minha Madelon. Mas depois refleti sobre a história com mais carinho e achei que, em vista de tua habilidade, de tua diligência, de tua fidelidade, eu não poderia desejar para mim genro melhor do que tu. Vem, portanto, comigo, e dá um jeito de conseguir que Madelon se torne tua esposa." As palavras de Cardillac cortaram meu coração, eu tremi diante de sua maldade e não consegui dizer palavra. "Tu hesitas?", ele prosseguiu então, em voz mais aguda, enquanto seus olhos fuzilantes me atravessavam. "Tu hesitas? Talvez não possas vir comigo já hoje, pois tens outras coisas a fazer! Talvez queiras fazer uma visitinha a Desgrais ou até mesmo pedir que te conduzam a Argenson ou la Regnie. Mas toma cuidado, garoto, para que as garras que pretendes atrair para a perdição de outros, não agarrem a ti mesmo e te despedacem." Eis que então meu ânimo profundamente indignado consegue respirar, de repente. "Quem dera", eu exclamo, "quem dera que aqueles que têm consciência de seus crimes hediondos, sintam o pavor dos nomes que vós acabastes de mencionar... Eu não posso fazer nada nesse sentido. Nada tenho a ver com eles." E Cardillac continua seu discurso: "Na verdade", ele diz, "na verdade, Olivier, é uma honra para ti trabalhar comigo, sim, comigo, o mais famoso mestre de sua época, admirado em toda parte por sua fidelidade e sua probidade, de modo que qualquer calúnia cairia com todo seu peso sobre a cabeça do caluniador... Mas no que diz respeito a Madelon, eu só posso te confessar que deves minha indulgência exclusivamente a ela. Ela te ama com uma intensidade que eu sequer seria capaz de imaginar em uma criança assim tão delicada. Logo que foste embora, ela caiu a meus pés, abraçou meus joelhos e me confessou, debaixo de milhares de lágrimas, que não conseguiria viver sem ti. Eu pensei que ela estivesse apenas fantasiando, conforme costuma acontecer com essas menininhas apaixonadas, que logo querem morrer quando o primeiro fedelho olha para elas com algum carinho. Mas, de fato, minha Madelon enfraqueceu e adoeceu, e quando eu quis convencê-la de que tudo isso era bobagem, ela gritou teu nome centenas de vezes. O que eu poderia fazer, afinal de contas, caso não quisesse vê-la se desesperar? Ontem à noite eu disse a ela que estava de acordo com tudo e que hoje iria te buscar. Eis que então, ainda à noite, ela desabrochou como uma rosa, e agora aguarda tua chegada, completamente fora de si de tanta paixão!" Que o poder eterno dos céus me perdoe, mas nem mesmo eu sei o que se passou, de repente eu estava diante da casa de Cardillac, ouvindo Madelon gritar de júbilo: "Olivier... Meu Olivier... Meu amado... Meu esposo!", e se precipitando sobre mim, envolvendo-me com os braços, apertandome com firmeza junto ao peito, de modo que, na demasia do encanto mais elevado, jurei pela virgem e por todos os santos jamais, sim, jamais voltar a deixá-la!

Abalado com a lembrança daquele momento decisivo, Olivier foi obrigado a estacar. A Scuderi, horrorizada com o crime de um homem que ela considerava a virtude e a probidade em pessoa, exclamou:

— Terrível! René Cardillac faz parte do bando de assassinos que por tanto tempo transformou nossa cidade em uma caverna de bandoleiros?

— O que estais dizendo, minha senhorita — falou Olivier —, do *bando*? Jamais existiu um bando assim. Cardillac, ele *sozinho*, foi que procurou e encontrou suas presas, atuando de forma infame pela cidade inteira e abatendo-as em seguida. O fato de ter sido ele, *sozinho*, nisso está a segurança com a qual ele dava seus golpes, a dificuldade insuperável de chegar aos rastros do assassino... Mas permiti que eu prossiga, o que se segue permitirá que todos os mistérios do mais infame e ao mesmo tempo mais infeliz dos homens vos sejam esclarecidos... A situação em que passei a me encontrar na casa do mestre, todo mundo pode muito bem imaginar qual foi. O passo havia sido dado, eu não podia mais recuar. De quando em vez eu me sentia como se tivesse me tornado, eu mesmo, o ajudante de Cardillac em seus crimes, e só no amor de Madelon eu esquecia o tormento interno que me torturava. Só com ela eu lograva apagar qualquer rastro externo do pesar inominável. Quando eu trabalhava com o velho na oficina, não conseguia nem olhar para seu rosto, mal lograva dizer uma palavra, tão grande era o pavor que tomava conta de mim, fazendo-me estremecer nas proximidades do terrível homem, que preenchia todas as virtudes do pai fiel e carinhoso, do bom cidadão, enquanto o manto da noite escondia seus crimes. Madelon, a criança devota e pura como um anjo, idolatrava-o de tanto amor. Sentia meu coração despedaçado ao pensar que caso um dia a vingança atingisse o malvado, desmascarando-o, ela, enganada com toda a astúcia diabólica de satã, por certo sucumbiria ao mais terrível dos desesperos. Tão somente isso já botava trancas em minha boca, ainda que por causa disso eu fosse obrigado a suportar a morte do criminoso. A despeito de ter ouvido o suficiente dos homens da Maréchaussée, os crimes de Cardillac, seu motivo, o modo como eram executados, tudo continuava sendo um enigma para mim. Mas a explicação não tardou a chegar...

— CERTO DIA, CARDILLAC, QUE, DE RESTO, ATIÇANDO MINHA aversão, sempre demonstrava o mais alegre dos humores no trabalho, sempre brincando e rindo, apareceu sério e ensimesmado. De repente, ele jogou as joias nas quais estava trabalhando de lado, fazendo pedras e pérolas rolarem, levantou de um salto e disse: "Olivier! As coisas não podem continuar assim entre nós dois, essa situação é insuportável para mim... O que a esperteza de Desgrais e seus comparsas não logrou descobrir, o acaso acabou te dando de mão beijada. Tu me observaste durante o trabalho noturno, ao qual minha má estrela me tange, nenhuma resistência é possível... Foi também tua má estrela que te fez me seguir, que te envolveu em um véu impenetrável, que deu a teu passo a leveza de te fazer inaudível ao andar, como o menor entre os animais, de modo que eu, que vejo tão claro quanto o tigre na noite mais profunda, que sou capaz de ouvir o menor dos ruídos, o zumbir de uma mosca a dezenas de metros, não te percebi. Tua má estrela, meu companheiro, te levou até mim. Em traição, na posição em que agora te encontras, não há mais como pensar. Por isso é melhor que saibas de tudo logo."... "Não serei jamais teu companheiro, sórdido e malvado hipócrita." Foi o que eu quis gritar, mas o horror íntimo que tomou conta de mim ao ouvir as palavras de Cardillac deu um nó em minha garganta. Em vez das palavras, logrei lançar apenas um balbucio incompreensível. Cardillac voltou a se sentar em sua cadeira de trabalho. Ele secou o suor da testa. Parecia verdadeiramente comovido com a recordação do passado, e conseguira se conter apenas com dificuldade. Por fim, Cardillac principiou: "Homens sábios falam muito das impressões estranhas das quais mulheres são capazes em estado interessante, e da influência maravilhosa dessas impressões vivazes e involuntárias sobre a criança. De minha mãe, contaram-me uma história fantástica. Quando estava grávida de *mim*, ainda no primeiro mês, certo dia contemplava, junto com outras mulheres, uma suntuosa festa da corte, dada no Trianon. Eis que então seu olhar caiu sobre um cavalheiro em vestimenta espanhola, com um refulgente colar de brilhantes em torno do pescoço, do qual ela não lograva mais tirar os olhos. Todo o seu ser era apenas curiosidade pelas pedras cintilantes, que se lhe afiguravam um bem sobrenatural. O mesmo cavalheiro tinha, havia vários anos, quando minha mãe ainda não era casada, desafiado sua virtude, mas acabara rechaçado com aversão. Minha mãe o reconheceu, mas agora era como se ele fosse um ser de espécie superior em meio ao brilho esplendoroso dos diamantes, aquela quintessência da beleza. O cavalheiro percebeu os olhares nostálgicos e ardentes de minha mãe. Ele acreditou poder ter mais sorte agora do que no passado. Soube se aproximar de minha mãe, mais e mais, e depois afastá-la de suas conhecidas e atraí-la para um local solitário. Lá, ele a envolveu sedutoramente em seus braços, minha mãe tentou pegar o belo colar, mas no mesmo instante ele foi ao chão e levou minha mãe consigo. Seja porque um derrame o tenha atingido de repente, seja por outro motivo qualquer, foi o que bastou: ele estava morto. Vãos foram os esforços de minha mãe para se libertar dos braços do cadáver, paralisados pelas cãibras da morte. Com os olhos vazios, nos quais a força se apagara, dirigidos a ela, o morto rolava ao chão com a mulher. Seus gritos estridentes de socorro enfim chegaram aos ouvidos de alguns que passavam a distância. Eles se aproximaram correndo e a salvaram dos braços do amante sinistro. O horror lançou minha mãe ao leito, gravemente enferma. Já a davam, já me davam por perdido, mas ela se recuperou e o parto foi mais feliz do que jamais se teria ousado esperar. Porém os sustos daquele momento terrível me haviam atingido. Minha má estrela havia subido e instilara em mim a fagulha que acendeu uma das mais estranhas e deterioradas paixões. Já na mais tenra infância, nada tinha mais importância para mim do que o brilho dos diamantes, o ouro das joias. Todo mundo achava que isso não passava de uma inclinação comum nas crianças. Mas as coisas se mostraram diferentes, pois, quando garoto, eu roubava ouro e brilhantes onde quer que pudesse me apossar deles. Como o mais inveterado dos conhecedores, eu sabia diferenciar por instinto joias autênticas de joias falsas. E só as autênticas me atraíam. As falsas, assim como o ouro cunhado, eu deixava onde estavam, sem lhes dar a mínima atenção. A cobiça inata era obrigada a escapar das medidas disciplinares mais terríveis da parte de meu pai. Para poder apenas lidar com ouro e pedras preciosas, eu me voltei à profissão de ourives. Trabalhei com paixão, e logo me tornei o maior mestre nessa arte. Eis que então começou um período em que a pulsão inata, oprimida por tanto tempo, voltou a se manifestar com força e cresceu adquirindo poder e consumindo todo o resto a sua volta. Assim que eu terminava uma joia e a entregava ao cliente, caía em um desassossego e um desconsolo que me roubavam o sono, a saúde... até mesmo a vontade de viver... Como um fantasma, dia e noite a pessoa para a qual eu trabalhara se encontrava em pé diante de mim, adornada com minha joia, e uma voz sussurrava em meus ouvidos: 'Ela é tua... ela é tua... Pega-a de volta... porque esse morto haveria de precisar dos diamantes!'... E então, por fim, ocupei-me da arte de furtar. Eu tinha o caminho aberto à casa dos grandes, aproveitei rapidamente todas as oportunidades, nenhuma fechadura resistia à minha habilidade, e logo a joia na qual eu havia trabalhado voltava a estar em minhas mãos... Mas eis que então nem mesmo isso acabava mais com meu desassossego. Aquela voz sinistra ainda assim se fez ouvir, e zombou de mim, exclamando: 'Ai, ai, ai, tuas joias são usadas por um morto!'... Eu mesmo não cheguei a saber como passei a sentir um ódio impronunciável por aqueles aos quais fazia uma joia. Sim! No mais profundo do meu ser, manifestava-se uma vontade intensa de matá-los, diante da qual eu mesmo estremecia... Naquela época, comprei esta casa. Eu havia entrado em acordo com o proprietário, estávamos sentados aqui, neste aposento, alegres com o negócio fechado, juntos, e bebíamos uma garrafa de vinho. Anoitecera, e eu já queria ir embora, quando meu vendedor disse: 'Ouvi, mestre René, antes de ires embora sou obrigado a vos esclarecer um mistério desta casa.' A isso, ele abriu aquele armário incrustado no muro, empurrou a parede traseira, entrou em um pequeno aposento, ficou de cócoras e levantou um alçapão. Descemos por uma escada íngreme e estreita, e chegamos a uma portinha também estreita, que ele destrancou, e em seguida já estávamos em meio ao pátio aberto. Então o velho homem, meu vendedor, foi até o muro, deslocou um ferro apenas minimamente destacado da superfície, e logo um pedaço do muro girou, de modo que um homem podia se esgueirar confortavelmente através da abertura e chegar à rua. Tu precisas ver a obra de arte algum dia, Olivier, provavelmente encaminhada por monges do mosteiro, que um dia existiu aqui, para que pudessem entrar e sair secretamente. É um tronco de madeira, coberto com argamassa e caiado apenas do lado de fora, no qual, ainda do lado de fora, está incrustada uma estatueta, também apenas de madeira, mas aparentemente de pedra, que se move junto com o tronco sobre gonzos ocultos... Pensamentos sombrios se elevaram dentro de mim quando vi essa instalação, era como se o terreno já tivesse sido preparado para crimes que até para mim mesmo ainda continuavam sendo um mistério. Eu acabara de entregar uma rica joia a um homem da corte que, eu o sabia, estava destinada a uma dançarina da ópera. A tortura mortal não me deixava... O fantasma se pendurou aos meus passos... O satã sussurrante não saía do meu ouvido! Eu me mudei para a casa. Banhado no suor sangrento do medo, eu me revirava na cama, insone! E então vejo em espírito o homem se esgueirando até a dançarina, levando para ela a minha joia. Tomado pela fúria, levanto de um salto... jogo o sobretudo em volta dos ombros... desço a escada secreta... e atravesso o muro, chegando à rua Nicaise... Ele vem, eu caio sobre ele, ele grita, mas, segurando-o por trás, cravo o punhal em seu coração... A joia é minha! Feito isso, senti uma paz, uma satisfação em minha alma, como jamais havia sentido. O fantasma havia desaparecido, a voz de satã se calara. Eis que eu sabia o que minha má estrela desejava, e era obrigado a ceder a ela ou sucumbir! Agora tu compreendes toda essa minha correria e essa minha atividade, Olivier! Não acredita, por favor, que pelo fato de eu ser obrigado a fazer o que não posso deixar de fazer, simplesmente abdiquei daquele sentimento de piedade, de compaixão que dizem ser uma condição da natureza humana. Tu sabes como será difícil para mim o ato de entregar uma joia que fiz com tanta arte. Que eu sequer trabalho para aqueles cuja morte não desejo, como até mesmo, quando sei que ao dia amanhecer o sangue expulsará meu fantasma, faço com que tudo se limite a um soco, que estira ao chão o proprietário de meu tesouro e o faz voltar às minhas mãos"... Depois de ter dito tudo isso, Cardillac me conduziu à cripta secreta e me permitiu uma olhada em seu gabinete de joias. O rei não as possui em maior riqueza. Em cada uma das peças, um bilhete pendurado registrava com exatidão para quem ele havia trabalhado e quando ela havia sido recuperada por meio do furto, do roubo ou do assassinato. "No dia do teu casamento", disse Cardillac em voz sombria e solene, "no dia do teu casamento, Olivier, tu haverás de fazer um juramento santo a mim, com a mão deposta sobre a imagem de Cristo crucificado, de que assim que eu tiver morrido, todas essas riquezas serão aniquiladas e reduzidas a pó, com meios que te darei a conhecer no momento adequado. Não quero que qualquer ser humano, muito menos Madelon e tu, tome posse desse tesouro adquirido à custa de tanto sangue."

— Preso nesse labirinto criminoso, dilacerado pelo amor e pela aversão, pelo deleite e pelo horror, eu poderia ser comparado ao condenado ao qual um anjo gracioso sorri, acenando suavemente, enquanto satã o mantém preso com garras ardentes, fazendo com que o amoroso sorriso devoto do anjo, no qual se espelha toda a bem-aventurança do céu altaneiro, transforme-se para ele na mais terrível das torturas... Eu pensei em fugir... Sim, pensei até mesmo em suicídio... Mas Madelon! Podeis me censurar, podeis me censurar, minha digna senhorita, por eu ter sido tão fraco a ponto de não conseguir aniquilar com violência uma paixão que me acorrentava ao crime... Mas por acaso não estou pagando com uma morte vergonhosa por isso? Certo dia, Cardillac chegou em casa especialmente alegre. Acariciou Madelon, lançou o mais amável dos olhares a mim, bebeu uma garrafa de vinho nobre à mesa, conforme costumava fazer apenas em dias de grande festa ou feriados importantes, cantou e discursou cheio de júbilo. Madelon nos deixara, eu queria ir até a oficina:

"Fica sentado, garoto", exclamou Cardillac, "hoje não haverá mais trabalho, vamos beber mais uma à saúde da mais digna, da mais primorosa das damas de Paris." Depois de eu ter brindado com ele e de ele ter esvaziado uma taça cheia, ele disse: "Diz lá, Olivier! O que achas desses versos:

Un amant qui craint les voleurs,
n'est point digne d'amour."

Em seguida ele contou o que havia se passado convosco e com o rei nos aposentos da Maintenon, e acrescentou que desde sempre vos havia adorado como a nenhum outro ser humano, e que vós, dotada de uma tão alta virtude, diante da qual sua má estrela empalidecia sem forças, mesmo usando a mais bela das joias que ele já fizera, jamais invocarias dentro dele um mau espírito ou ideias de assassinato. "Ouve, Olivier", ele disse, "o que eu decidi. Há muito tempo eu deveria ter feito um colar e pulseiras para Henriette da Inglaterra e providenciado eu mesmo as pedras para as joias. O trabalho ao final foi mais bem-sucedido do que qualquer outro que eu já havia feito, mas eu sentia meu peito dilacerado ao pensar que seria obrigado a me separar da joia que havia se transformado em meu tesouro preferido. Tu sabes da morte infeliz da princesa assassinada. Eu fiquei com as joias e agora quero, em sinal da minha veneração, da minha gratidão, enviá-las à senhorita de Scuderi, em nome do bando perseguido... Além de a Scuderi receber o sinal evidente de seu triunfo, quero zombar também de Desgrais e de seus beleguins, conforme eles bem merecem... Quero que leves as joias a ela." Assim que Cardillac mencionou vosso nome, senhorita, foi como se véus negros fossem afastados e a imagem bela e clara de minha infância feliz e remota voltasse a se mostrar para mim em cores vivazes e brilhantes. Um consolo maravilhoso, um raio de esperança se desenhou em minha alma, e até os fantasmas mais sombrios desapareceram a sua chegada. Cardillac gostou da impressão que suas palavras haviam causado em mim e logo as interpretou a seu modo: "Parece", disse ele, "que meu propósito te agrada. Posso confessar que uma voz profunda dentro de mim, bem diferente daquela que exige sacrifícios de sangue como uma fera faminta, ordenou-me que eu procedesse assim... Às vezes, sinto meu ânimo estranho... Um medo interior, o temor diante de algo terrível, cujo arrepio sopra de um além distante até o tempo em que estou, agarra-me com violência. Então chego a me sentir como se aquilo que a má estrela começou através de mim pudesse ser creditado à minha alma imortal, que não tem parte nisso. Foi nessa atmosfera que decidi fazer uma bela coroa de diamantes para a virgem santa da igreja de Saint Eustache. Mas aquele medo incompreensível tomou conta de mim com mais e mais força a cada vez que eu pretendia começar o trabalho, até que o abandonei completamente. Mas agora eu me sinto como se estivesse fazendo um sacrifício cheio de humildade à virtude e à devoção em pessoa, e implorando por um apoio efetivo, ao mandar à Scuderi as mais belas joias nas quais jamais trabalhei." Conhecedor, e em detalhes, de vosso modo de vida, minha senhorita, Cardillac me indicou o modo e quando eu deveria vos entregar as joias que ele botou em uma bela caixinha. Todo meu ser era puro encanto, pois o céu me apontava, por meio do delituoso Cardillac, o caminho para me salvar do inferno no qual eu, um pecador repudiado, gemia e chorava. Foi o que eu pensei. Completamente contra a vontade de Cardillac, eu queria vos entregar a caixinha pessoalmente. Na condição de filho de Anne Brusson, e por terdes cuidado de mim, eu pensava em me jogar a vossos pés e vos contar tudo... Sim, tudo... Vós teríeis, tocada pela miséria inominável que ameaçava a pobre e inocente Madelon à descoberta dos crimes do pai, mantido o segredo. Porém vosso espírito agudo e soberano por certo teria encontrado um meio seguro de lidar com a maldade infame de Cardillac sem que esta precisasse ser desvendada. Não posso dizer em que esses meios teriam consistido, porque não sei... Mas que vós salvaríeis a Madelon e a mim, disso eu estava convicto até o mais fundo de minha alma, assim como se fosse a fé na ajuda consoladora da virgem Maria... Vós sabeis, senhorita, que minha intenção acabou dando errado naquela noite. Mas eu não perdi as esperanças de ser feliz em outra oportunidade. Então aconteceu que Cardillac de repente perdeu toda a sua animação. Ele perambulava triste por aí, cabisbaixo, murmurava palavras incompreensíveis, esgrimia com as mãos se defendendo de algum inimigo, seu espírito parecia torturado por maus pensamentos. Fez isso durante uma manhã inteira. Por fim, ele se sentou à mesa da oficina, e logo em seguida voltou a se levantar com desagrado, olhou pela janela, e disse em voz séria e sombria: "Oh, mas eu queria tanto que Henriette da Inglaterra tivesse usado minhas joias!"... Essas palavras me encheram de pavor. Agora eu sabia que seu espírito perdido mais uma vez havia sido tomado pelo sórdido fantasma assassino, que a voz de satã mais uma vez sussurrava ao seu ouvido. Vi vossa vida ameaçada pelo infame demônio assassino. Se Cardillac voltasse a ter as joias em suas mãos, vós estaríeis salva. O perigo aumentava a cada instante. Então acabei encontrando-vos na Pont Neuf, acotovelei-me em meio à multidão até chegar a vossa carruagem, joguei o bilhete a vós, no qual implorava que trouxesses imediatamente as joias recebidas até Cardillac. Mas vós não viestes. Meu medo se transformou em desespero quando no dia seguinte Cardillac não falava em outra coisa a não ser nas valiosas joias que havia tido diante de seus olhos durante a noite. Eu interpretei que se tratava de vossas joias, e tive certeza de que ele estava planejando o crime que já se propusera a executar naquela noite mesmo. Eu precisava vos salvar, ainda que isso custasse a vida de Cardillac. Assim que Cardillac, como de costume, se trancou em seu quarto após a oração da noite, eu desci até o pátio por uma janela, esgueirei-me através da abertura no muro e me postei não muito longe, envolvido por profundas sombras. Não demorou muito, e Cardillac saiu e continuou andando furtivamente ao longo da rua. E eu atrás dele. Ele foi até a rua Saint Honoré, meu coração estremecia. De repente, Cardillac havia conseguido me escapar. Decidi me colocar diante da porta de vossa casa. Então eis que passa por mim um oficial, cantando e assoviando, assim como no passado, quando o caso fizera de mim o espectador do crime de Cardillac. O oficial não percebe minha presença. Mas no mesmo instante uma figura negra salta da sombra e cai sobre ele. É Cardillac. Eu me decido a evitar essa morte e, com um berro e dois... talvez três saltos, estou junto deles... Mas não é o oficial, e sim Cardillac que desaba ao chão, mortalmente ferido, estertorando. O oficial deixa o punhal cair, arranca a espada da cinta, se põe em posição de combate, imaginando que eu fosse um sequaz do assassino, mas logo sai correndo ao perceber que eu, sem me preocupar com ele, apenas cuido do corpo estendido no chão. Cardillac ainda estava vivo. Eu o joguei imediatamente aos ombros, depois de juntar o punhal que o oficial havia deixado cair, e o arrastei com dificuldades para casa e pela entrada secreta até a oficina... O resto vós já conheceis. Conforme estais vendo, minha nobre senhorita, meu único crime consistiu em não ter denunciado o pai de Madelon ao tribunal, para assim botar um fim em seus crimes... Sou livre de qualquer acusação de derramamento de sangue... Nenhum martírio ou tortura conseguirá arrancar de mim o segredo dos crimes de Cardillac. Não quero que, apesar do poder eterno que escondeu à filha virtuosa os crimes terríveis e sanguinários de um pai, toda a miséria do passado ainda caia sobre ela matando ainda agora todo o seu ser, que ainda agora a vingança terrena desenterre o cadáver, removendo a terra que o cobre, que ainda agora o carrasco imprima vergonha ao esqueleto já apodrecido... Não! A amada da minha alma haverá de me chorar como um inocente que tombou, o tempo aliviará sua dor, mas a dor com os crimes terríveis e infernais do amado pai seria insuportável!

Olivier se calou, mas eis que então uma torrente de lágrimas irrompeu de seus olhos, ele se jogou aos pés da Scuderi e implorou:

— Vós estais convicta de minha inocência... Com certeza estais! Tende misericórdia de mim e me dizei como está Madelon?

A Scuderi chamou Martiniere e, depois de alguns instantes, Madelon se jogava ao pescoço de Olivier.

— Agora está tudo bem, tu estás aqui... Eu sabia que a mais digna e nobre das damas te salvaria! — exclamou Madelon atropelando as palavras e repetindo o que dizia, e Olivier esqueceu seu destino, tudo aquilo que o ameaçava.

Sentia-se livre e venturoso. Do modo mais comovedor, ambos lamentaram como sofreram com a falta um do outro, e depois voltaram a se abraçar e choraram de deleite por terem voltado a se encontrar.

Se a Scuderi já não estivesse convencida da inocência de Olivier, a fé de que isso correspondia à verdade teria vindo ao contemplar os dois que, na ventura do mais íntimo enlace amoroso, esqueciam-se do mundo, de sua miséria e de seu sofrimento inominável.

— Não — exclamou a Scuderi —, de um esquecimento venturoso assim só um coração puro é capaz.

Os raios claros da manhã entraram pela janela. Desgrais bateu de leve na porta do aposento e lembrou que já era hora de levar Olivier Brusson embora, uma vez que isso não poderia acontecer mais tarde sem dar na vista.

Os amantes foram obrigados a se separar...

Os pressentimentos sombrios que haviam tomado conta do ânimo da Scuderi desde a primeira entrada de Brusson em sua casa haviam se transformado em vida verdadeira, mas de um modo terrível. Ela olhou para o filho de sua amada Anne de um jeito inocente e confuso, que parecia dizer ser praticamente impensável salvá-lo da morte vergonhosa Ela louvou o heroísmo do rapaz, que preferia morrer assumindo toda a culpa a revelar um segredo que por certo traria a morte a sua Madelon. Em todo o reino das possibilidades, não encontrou nenhum meio de arrancar o pobre da crueldade do tribunal. E ainda assim estava firmemente registrado em sua alma que ela não poderia recear qualquer sacrifício para tentar evitar a clamorosa injustiça que estava prestes a ser cometida...

Ela se torturou com todo o tipo de planos que chegavam às mais loucas aventuras, e que ela abandonava com a mesma rapidez que estes haviam chegado. Quanto mais o tempo passava, mais desaparecia qualquer fulgor de esperança, de modo que ela estava à beira do desespero. Mas a confiança incondicional e devotamente infantil de Madelon, a transfiguração que ela demonstrava ao falar do amado que em pouco, livre de toda e qualquer culpa, a abraçaria como esposa, voltava a dar forças à Scuderi na mesma medida em que era tocada no mais fundo de seu coração pela cena.

NO INTUITO DE ENFIM FAZER ALGUMA COISA, A SENHORITA DE Scuderi escreveu uma longa carta a la Regnie, na qual lhe dizia que Olivier Brusson havia apresentado a ela, do modo mais crível, sua completa inocência no caso da morte de Cardillac, e que era apenas a decisão heroica de levar um segredo, cuja revelação deterioraria a inocência e a virtude em pessoa, consigo ao túmulo, que o impedia de fazer uma confissão ao tribunal, sim, uma confissão que não apenas o livraria da terrível suspeita de ter matado Cardillac, mas inclusive da de pertencer ao bando de infames assassinos.

A Scuderi empregou tudo o que se encontrava a sua disposição em termos de zelo ardente e retórica espirituosa a fim de amolecer o duro coração de la Regnie. Depois de poucas horas, la Regnie respondeu que se sentiria cordialmente feliz por Olivier Brusson ter se justificado diante de sua nobre e digna benfeitora. No que dizia respeito à decisão de Olivier, de querer levar consigo ao túmulo um segredo que dizia respeito ao crime, ele só tinha a lamentar o fato de a

Chambre ardente não poder honrar tais heroísmos, mas antes estar obrigada a quebrá-los fazendo uso dos meios mais efetivos e vigorosos. Em três dias, ele esperava estar em posse do estranho segredo, que provavelmente traria à luz os prodígios sucedidos.

A Scuderi sabia muito bem a que o terrível la Regnie estava se referindo ao mencionar os meios que quebrariam o heroísmo de Brusson. Agora era certo que o infeliz seria submetido à tortura. Em seu medo mortal, a senhorita se lembrou enfim de que os conselhos de um conhecedor das leis poderiam ser úteis para conseguir um adiamento.

Pierre Arnaud d'Andilly era, na época, o mais famoso advogado de Paris. Sua profunda ciência e seu amplo entendimento eram comparáveis apenas à sua probidade e à sua virtude. A Scuderi foi até ele e lhe contou tudo, na medida em que isso era possível sem ferir o segredo de Brusson. Ela acreditava que d'Andilly se ocuparia com todo o zelo do inocente, mas sua esperança foi iludida do modo mais amargo.

D'Andilly ouvira tudo em silêncio, e em seguida retrucara, sorrindo, usando as palavras de Boileau:

— *Le vraie peut quelque fois n'être pas vraisemblable.*

Ele provou à Scuderi que as suspeitas mais definitivas depunham contra Brusson, que o procedimento de la Regnie de modo nenhum poderia ser chamado de cruel ou de precipitado, que muito antes estava previsto em lei, sim, que este sequer poderia agir diferente sem ferir as obrigações do juiz. Ele, d'Andilly, não acreditava ser possível libertar Brusson da tortura nem com a mais hábil das defesas. Apenas o próprio Brusson poderia fazê-lo, ou por meio de uma confissão sincera, ou pelo menos por meio da narrativa mais exata possível das circunstâncias que envolveram o assassinato de Cardillac, que talvez então oferecessem ensejo a novas investigações.

— Então vou me jogar aos pés do rei e implorar por clemência — disse a Scuderi, completamente fora de si, com a voz embargada pelas lágrimas.

— Não — exclamou d'Andilly —, peço que não façais isso, pelo amor dos céus, minha senhorita! Poupai essa derradeira ajuda que, falhando uma vez, ficará perdida para sempre. O rei jamais indultará um criminoso desse tipo. A mais amarga das censuras do povo em perigo haveria de atingi-lo. É possível que Brusson, pelo descobrimento de seu segredo, ou mesmo de outro jeito, encontre meios para dar fim à suspeita que pende sobre ele. E então será hora de implorar a clemência do rei, que não perguntará o que foi provado ou não diante do tribunal, mas sim chamará sua própria convicção a lhe dar conselho.

A Scuderi foi obrigada a concordar com o assaz experiente d'Andilly...

Mergulhada em profunda angústia, refletindo e meditando sobre o que ainda poderia fazer, pelo amor da virgem e de todos os santos, para salvar o infeliz Brusson, ela estava sentada já tarde da noite em seus aposentos, quando a Martiniere entrou e anunciou a chegada do conde de Miossens, coronel da guarda do rei, que desejava falar urgentemente com a senhorita.

— Peço perdão — disse Miossens, fazendo uma mesura que mostrava toda a sua decência de soldado —, minha senhorita, por me precipitar até vós tão tarde, em hora tão inoportuna. Nós, os soldados, não sabemos agir diferente, e além disso poderei ser desculpado com apenas duas palavras... É Olivier Brusson que me manda até vós...

A Scuderi, ansiosa por ouvir o que lhe seria dito desta vez, exclamou:

— Olivier Brusson? O mais infeliz entre todos os homens? O que vós tendes a ver com ele?

— Bem que eu pensei — disse Miossens, sorrindo mais uma vez — que a simples menção ao nome de vosso protegido seria suficiente para alcançar de vós um ouvido favorável. O mundo inteiro está convencido da culpa de Brusson. Eu sei que vós sois de outra opinião, que de resto apenas repousa sobre as afirmações do acusado, conforme se disse. Comigo é diferente. Ninguém pode estar mais convencido do que eu da inocência de Brusson na morte de Cardillac.

— Falai, oh, falai — exclamou a Scuderi, enquanto seus olhos brilhavam de deleite.

— Fui eu — disse Miossens, enfático —, eu mesmo quem derribei o velho ourives ao chão na rua Saint Honoré, não muito longe de vossa casa.

— Pelo amor de todos os santos! — exclamou a Scuderi.

— E — prosseguiu Miossens — eu juro, minha senhorita, que tenho orgulho do que fiz. Cardillac era o mais infame, o mais hipócrita dos malfeitores, era ele que matava e roubava traiçoeiramente durante a noite, e por tantas vezes escapou aos beleguins de Desgrais. Nem mesmo eu sei como se levantou dentro de mim uma suspeita interior contra o velho malfeitor, quando ele, cheio de visível intranquilidade, me trouxe as joias que encomendei, quando pediu informações detalhadas sobre a pessoa à qual estavam destinadas as joias, e quando perguntou a meu criado de quarto, de um jeito bem esperto, quando eu costumava visitar uma certa dama... Havia tempo eu já percebera que as vítimas infelizes da mais desprezível das cobiças mostravam sempre o mesmo ferimento mortal. Para mim, não havia dúvidas de que o assassino era treinado em dar um golpe certeiro, e que sabia que tinha de ser assim. Caso o golpe falhasse, ele teria de lutar de igual para igual com a vítima. Isso me fez lançar mão de uma medida de segurança, que é tão simples a ponto de eu não entender como outros não chegaram a essa ideia para se salvar da ameaça do malfadado assassino. Eu usei uma leve couraça debaixo do colete. Cardillac me atacou por trás. Agarrou-me com uma força gigantesca, mas o golpe certeiro resvalou no ferro da couraça. No mesmo instante, escapei de suas mãos e o golpeei com o punhal, que eu deixara de prontidão junto ao peito.

— E vós vos calastes — perguntou a Scuderi —, não mostrastes aos tribunais o que aconteceu?

— Com vossa permissão — prosseguiu falando Miossens —, senhorita, quero dizer que um anúncio desses, ainda que não exatamente significasse minha perdição, acabaria me envolvendo no mais detestável dos processos. Será que la Regnie, que fareja crimes por toda parte, teria acreditado em mim, se eu acusasse o probo Cardillac, modelo de toda devoção e virtude, de tentativa de assassinato? E que tal se a espada da justiça tivesse se voltado contra mim?

— Isso não seria possível — exclamou a Scuderi —, vosso nascimento... vossa posição...

— Oh — prosseguiu Miossens —, mas basta pensar no marechal de Luxemburgo, que, pela simples ideia de pedir que le Sage fizesse seu mapa astral, foi acusado de ser um assassino envenenador e levado à Bastilha. Não, por são Dioniso, não dou uma hora de liberdade, sequer a pontinha de minha orelha eu cedo à fúria de la Regnie, que gosta tanto de botar sua faca na garganta de todo mundo.

— Mas assim acabareis levando o inocente Brusson ao cadafalso! — a Scuderi exclamou, interrompendo-o.

— Inocente — replicou Miossens —, minha senhorita, vós chamais de inocente o comparsa de Cardillac? Que o apoiava em seus crimes? Que mereceu a morte cem vezes? Não, por certo, este vai sangrar justamente, e só revelo a vós, minha nobre senhorita, as verdadeiras circunstâncias de tudo o que aconteceu, por supor que vós, sem me entregar às mãos da *Chambre ardente*, sabereis de algum modo usar meu segredo em favor de vosso protegido.

A Scuderi, deleitada interiormente por ver sua convicção da inocência de Brusson confirmada de modo tão definitivo, não fez sequer menção de contar tudo ao conde, que ademais já sabia dos crimes de Cardillac, nem de exigir que ele fosse com ela até d'Andilly. A este é que tudo deveria ser revelado, respeitando o juramento do sigilo, e *ele* é que daria o conselho sobre o que poderia ser feito.

D'Andilly, depois que a Scuderi lhe contara tudo nos mais mínimos detalhes, informou-se mais uma vez sobre as circunstâncias mais insignificantes. Interrogou sobretudo o conde Moissens, perguntando se ele também tinha a convicção irredutível de que havia sido atacado por Cardillac, e se poderia reconhecer Olivier Brusson como aquele que carregara o corpo para longe.

— Além do fato de eu — replicou Miossens — ter reconhecido muito bem o ourives na noite enluarada, vi no gabinete de la Regnie o punhal com o qual Cardillac foi golpeado e derrubado. É o meu, e se destaca pelo cuidadoso trabalho no cabo. A apenas um passo dele, consegui ver todos os traços do rapaz, cujo chapéu acabou caindo sobre o rosto. Mas ainda assim eu poderia reconhecê-lo, por certo.

D'Andilly baixou os olhos em silêncio por algum tempo, e em seguida disse:

— Por caminhos normais, Brusson não pode mais ser salvo das mãos da justiça. Ele não quer denunciar Cardillac como assassino por causa de Madelon. E pode estar fazendo isso também para salvar a própria pele, pois mesmo que lhe fosse possível provar o que disse mostrando a saída secreta e o tesouro oculto, ele seria condenado à morte por ser cúmplice. O mesmo aconteceria se o conde Miossens revelasse aos juízes o que de fato sucedeu com o ourives e qual foi sua participação nisso. Adiamento é a única coisa que podemos e somos obrigados a requerer. Sim, o conde Miossens vai até a Conciergerie, apresenta-se diante de Olivier Brusson, e o reconhece como aquele que levou o cadáver de Cardillac embora. Depois corre até la Regnie e diz: "Vi um homem apunhalado na rua Saint Honoré. Eu estava bem ao lado do cadáver quando um outro pulou, se aproximando, curvou-se sobre o corpo, e, ao perceber que o mesmo ainda dava sinais de vida, jogou-o sobre os ombros e o levou embora. Reconheci esse homem em Olivier Brusson. Esse depoimento fará com que Brusson seja interrogado mais uma vez... Uma acareação com o conde Miossens. É o que basta para evitar a tortura, mas as investigações haverão de continuar. Então, será chegado o momento de se voltar para o rei, e fazê-lo do modo mais hábil fica reservado à vossa perspicácia, minha senhorita. Depois do meu apoio, o melhor seria revelar o mistério todo ao rei. Por meio do depoimento de Miossens, as confissões de Brusson se mostrarão verdadeiras.

O mesmo talvez aconteça depois de algumas investigações secretas na casa de Cardillac. Nenhum veredicto, mas a decisão do rei, seguindo uma intuição de caráter privado, que concede clemência onde o juiz está obrigado a condenar, pode fundamentar tudo isso...

O conde Miossens seguiu exatamente o que d'Andilly lhe havia aconselhado, e aconteceu realmente o que este havia previsto.

AGORA A QUESTÃO ERA IR TER COM O REI, E ESSE ERA O PONTO mais difícil, uma vez que o mesmo alimentava uma aversão tão grande a Brusson, pois o considerava o único responsável por todos os latrocínios terríveis que por tanto tempo lançaram Paris inteira em uma rede de medo e terror. Só de ser lembrado do famigerado processo, o rei caía na mais violenta das fúrias.

A Maintenon, fiel ao princípio de jamais falar sobre coisas desagradáveis com o rei, recusou-se a qualquer tipo de intermediação, e assim o destino de Brusson estava exclusivamente nas mãos da senhorita de Scuderi. Depois de muito pensar, ela tomou uma decisão que executou com tanta rapidez quanto a havia tomado. Vestiu um robe negro de seda bem pesada, adornou-se com as belíssimas joias de Cardillac, cobriu-se com um véu também negro e apareceu assim nos aposentos da Maintenon, exatamente na hora em que o rei também se encontrava por lá.

A figura nobre da digna senhorita naquelas roupagens solenes e o caráter majestoso de sua presença eram tão grandes que despertariam profunda reverência até mesmo em meio ao povo disperso, acostumado a passar seu tempo nas antessalas, sem que alguém lhe dê atenção. Todo mundo lhe abriu caminho, e, quando ela entrou, até mesmo o rei ergueu-se, admirado, e foi ao encontro da senhorita. Então os preciosos diamantes do colar e das pulseiras refulgiram em seus olhos e ele exclamou:

— Pelos céus, mas estas são as joias de Cardillac! — E, em seguida, voltando-se para a Maintenon, acrescentou com um sorriso encantador: — Estais vendo, senhorita marquesa, como nossa bela noiva está em luto por seu noivo?

— Ah, nobre senhor — interrompeu a Scuderi, como se estivesse disposta a levar a brincadeira adiante —, como uma noiva cheia de dor se daria ao luxo de se adornar com tanto brilho? Não, eu me libertei completamente desse ourives, e não mais pensaria nele, caso às vezes não voltasse a meus olhos a imagem abominável de seu corpo sendo carregado bem próximo de mim.

— Como assim? — perguntou o rei. — Quereis dizer que vós o vistes, o pobre-diabo?

Então a Scuderi contou, em palavras resumidas, como o acaso (ela ainda não mencionou a intervenção de Brusson) a levara diante da casa de Cardillac no momento em que o assassinato acabava de ser descoberto. Ela falou da dor terrível de Madelon, da impressão profunda que a criança causara nela, do modo como salvara a pobre das mãos de Desgrais sob o júbilo do povo. Com um interesse cada vez mais crescente, começou então a descrever as cenas com la Regnie... com Desgrais... com o próprio Olivier Brusson.

O rei, arrebatado pela violência da vida em sua feição real, que ardia no discurso da Scuderi, não chegou a perceber que se tratava do processo detestável daquele Brusson, que tanta aversão lhe causava, não conseguia dizer uma palavra sequer, e apenas de quando em vez lograva fazer a comoção interna voltar a respirar com uma exclamação. Antes que o rei se desse conta, completamente fora de si com o escândalo daquilo que ouvia e sem mesmo conseguir ordenar as coisas, a Scuderi já se jogava a seus pés e implorava por misericórdia a Olivier Brusson.

— O que estais fazendo — irrompeu o rei, pegando-a por ambas as mãos e obrigando-a a se sentar na poltrona —, minha senhorita! Só posso dizer que estou surpreso, e de um modo bem estranho! Ora, mas é uma história terrível! Mas o que poderá provar a verdade da história extravagante de Olivier Brusson?

A isso, a Scuderi disse:

— O depoimento de Miossens... A busca na casa de Cardillac... A convicção interior... Ah! O coração virtuoso de Madelon, que reconheceu a mesma virtude no infeliz Brusson!

O rei, pronto a replicar alguma coisa, voltou-se ao ouvir um ruído na porta. O ministro Louvois, que ainda há pouco trabalhava em um aposento ao lado, espiou para dentro com feição preocupada. O rei levantou-se e saiu do cômodo, seguindo Louvois. Ambas, a Scuderi e a Maintenon, consideraram perigosa aquela interrupção, pois, surpreendido uma vez, o rei poderia se proteger e tomar cuidado para não cair pela segunda vez na armadilha.

Mas, depois de alguns minutos, o rei voltou a entrar, caminhou em passos rápidos de um lado ao outro do cômodo algumas vezes, em seguida se postou, mãos cruzadas às costas, bem próximo da Scuderi, e disse, sem olhar para ela, em meia-voz:

— Eu gostaria de ver vossa Madelon!

Ao que a Scuderi respondeu:

— Oh, meu honrado senhor, que altas, sim, que altas venturas concedeis a essa pobre e infeliz criança... Ah, é apenas o vosso aceno que a pequena aguarda para se jogar a vossos pés. — E imediatamente ele foi aos passinhos, tão rápido quanto sua roupagem pesada o permitia, até a porta do aposento, e logo gritou para fora que o rei solicitava a presença de Madelon Cardillac, voltando em seguida, chorando e soluçando de deleite e comoção.

A Scuderi havia imaginado que tamanha graça seria possível, e por isso trouxera Madelon consigo. Madelon esperava junto à camareira da marquesa, com uma breve petição nas mãos, que lhe havia sido redigida por D'Andilly. Em poucos instantes, ela estava jogada diante dos pés do rei, sem palavras. O medo... a consternação... a veneração tímida... o amor e a dor... faziam o sangue em ebulição correr cada vez mais rápido pelas veias da coitada. Suas faces ardiam em um púrpura vívido... Os olhos brilhavam, tomados pelas claras pérolas das lágrimas, que de quando em vez caíam pelos cílios sedosos até seu belo colo de lírio.

O rei parecia tocado com a beleza maravilhosa do anjo infantil. Ergueu a moça, depois fez um movimento como se quisesse beijar a mão que segurava. Voltou a largá-la e olhou para a graciosa criança com o olhar também umedecido pelas lágrimas, que demonstravam sua mais profunda comoção interna.

Em voz baixa, a Maintenon sussurrou à Scuderi:

— A pequena não é igualzinha à la Valliere, dos pés à cabeça? O rei se banqueteia nas mais doces recordações. Vosso jogo está ganho! — Por mais baixo que a Maintenon tivesse pronunciado suas palavras, o rei pareceu tê-las ouvido. Um rubor perpassou seu rosto, e seu olhar tocou a Maintenon antes de ler a súplica que Madelon lhe entregou, para em seguida dizer, em tom suave e bondoso:

— Por certo quero acreditar, minha querida criança, que estás convicta da inocência de teu amado, mas ouçamos o que a *Chambre ardente* tem a dizer a respeito disso!

Um movimento suave de sua mão despediu a pequena, que queria desandar em lágrimas... A Scuderi percebeu, assustada, que a recordação da la Valliere, por mais proveitosa que tenha parecido a princípio, fizera o rei mudar de opinião, e isso no exato instante em que a Maintenon mencionara seu nome. Talvez fosse porque o rei se sentiu lembrado de um modo pouco delicado de que estava a ponto de sacrificar a severa justiça à beleza, ou talvez ainda se passasse com o rei o que se passa com o sonhador que, chamado à realidade, vê as belas imagens mágicas que invocara desaparecerem com a mesma rapidez que aparecem. Quem sabe se ele já não via mais diante de si a sua la Valliere, e sim pensasse apenas na *Soeur Louise de la miséricorde* (o nome do claustro da la Valliere entre as irmãs carmelitas), que o torturava com sua devoção e sua penitência... Mas o que poderia ser feito, se não esperar com calma as decisões do rei?

O depoimento do conde Miossens diante da *Chambre ardente* entrementes se tornara conhecido, e, conforme costuma acontecer com o povo, que é tangido de um extremo a outro por qualquer coisa, aquele que no princípio era amaldiçoado como o assassino mais infame e quem ameaçavam linchar antes mesmo de subir ao palco sangrento, agora era tido como a vítima inocente de uma justiça bárbara.

Só agora os vizinhos se lembravam de sua mudança virtuosa, de seu grande amor por Madelon, da fidelidade, da entrega de corpo e alma que ele dedicava ao velho ourives... Cortejos inteiros de povo apareciam diversas vezes de modo ameaçador diante do palácio de la Regnie e gritavam:

— Deixe Olivier Brusson vir até nós, ele é inocente. — E por certo chegavam a jogar pedras às janelas, que la Regnie foi obrigado a buscar proteção junto à Maréchaussée diante do populacho enfurecido.

Vários dias se passaram sem que a Scuderi ficasse sabendo o mínimo que fosse sobre o andamento do processo de Olivier Brusson. Completamente inconsolável, ela foi ter com a Maintenon, que no entanto garantiu que o rei silenciava sobre a questão, e que não lhe parecia de modo nenhum aconselhável lembrá-lo dela. Quando ela ainda perguntou com um sorriso estranho o que a pequena la Valliere andava fazendo, a Scuderi se convenceu de que nas profundezas da alma da orgulhosa mulher se manifestava uma espécie de aborrecimento sobre um assunto que lograva levar o sensível rei a um território cujo encanto ela não era capaz de entender e dominar. Da parte da Maintenon, portanto, ela não tinha o que esperar.

Por fim, com a ajuda de d'Andilly, a Scuderi conseguiu a informação de que o rei tivera uma longa e secreta conversa com o conde Miossens. E, além disso, que Bontems, o agente de negócios e camareiro mais íntimo do rei, estivera na Conciergerie e conversara com Brusson, e que, por fim, certa noite, o mesmo Bontems estivera com vários homens na casa de Cardillac e passara muito tempo ali.

Claude Patru, o morador do andar inferior, garantiu que ouvira barulho no andar de cima durante a noite inteira, e com certeza Olivier estivera presente, pois ele estava certo de ter reconhecido sua voz. Era evidente, portanto, que o rei em pessoa mandara investigar as circunstâncias do caso, e apenas a demora da decisão continuava incompreensível.

La Regnie parecia disposto a tudo para evitar que Brusson fosse arrancado de suas mãos, até mesmo segurar a vítima entre os dentes. E isso acabava à míngua com qualquer esperança...

Quase um mês havia se passado, quando a Maintenon mandou avisar à Scuderi que o rei desejava falar com ela ainda naquela noite em seus aposentos, os aposentos da Maintenon.

O coração da Scuderi bateu descompassado, ela sabia que o caso de Brusson se resolveria naquela conversa. Contou tudo à pobre Madelon, que rezou fervorosamente à virgem e a todos os santos para que tivessem piedade e despertassem no rei a convicção da inocência de Brusson.

E ainda assim parecia que o rei esquecera a questão toda, pois, como sempre envolvido em conversas agradáveis com a Maintenon e a Scuderi, não dedicou uma sílaba sequer ao pobre Brusson. Finalmente apareceu Bontems, que se aproximou do rei e lhe disse algumas palavras em voz tão baixa, que ambas as damas nada entenderam...

A Scuderi estremeceu internamente. Em seguida, o rei levantou-se, caminhou até a Scuderi e disse, de olhar radiante:

— Eu vos desejo sorte, minha senhorita! Vosso protegido, Olivier Brusson, está livre!

A Scuderi, a quem as lágrimas brotaram dos olhos em torrentes, incapaz de dizer uma palavra sequer, quis se jogar aos pés do rei. Este a impediu de executar seu gesto, dizendo:

— Ide, ide, senhorita! Deveríeis vos tornar advogada do parlamento e defender minhas causas, pois, por são Dioniso, ninguém na face da terra é capaz de resistir à vossa eloquência... Mas — acrescentou ele mais sério —, mesmo aquele que é protegido pela própria ventura parece não estar seguro diante de acusações infames, diante da *Chambre ardente* e de todos os tribunais do mundo!

A Scuderi enfim encontrou palavras que se derramaram no agradecimento mais cheio de fervor. O rei a interrompeu, anunciando-lhe que esperavam-na em sua casa para um agradecimento muito mais inflamado do que ele seria capaz de exigir dela, pois era provável que naquele mesmo instante o feliz Olivier já estivesse abraçando sua Madelon.

— Bontems — assim concluiu o rei — vos pagará mil luíses, que deverão ser dados em meu nome à pequena na condição de dote de noivado. Que ela case com seu Brusson, que sequer é merecedor de tamanha felicidade, mas que em seguida ambos saiam de Paris. Esta é a minha vontade.

A Martiniere veio ao encontro da Scuderi em passos rápidos, atrás dela Baptiste, ambos com os rostos radiantes de alegria, ambos em júbilo, gritando:

— Ele está aqui... E está livre! Oh, os dois jovens queridos!

O casal venturoso se precipitou aos pés da Scuderi:

— Oh, eu sempre soube que vós, apenas vós, digna senhorita, seríeis capaz de salvar meu esposo — exclamou Madelon.

— Ah, a fé em vós, minha mãe, sempre esteve firme em minha alma — exclamou Olivier, e ambos beijaram as mãos da nobre dama e derramaram mil lágrimas ardentes. E em seguida voltaram a se abraçar e juraram que a ventura suprema daquele instante equilibrava todos os sofrimentos inomináveis dos dias anteriores, e prometeram jamais se separar, até a morte.

Depois de poucos dias, os dois foram unidos pela bênção do padre. Mesmo que não tivesse sido a vontade do rei, Brusson não teria querido ficar em Paris, onde tudo o fazia lembrar daquela época horrível dos crimes de Cardillac, onde um acaso qualquer ou alguma hostilidade poderiam revelar o segredo malévolo, agora conhecido de várias pessoas, e perturbar sua pacífica vida para sempre.

Logo depois do casamento, Olivier Brusson se mudou com sua jovem esposa para Genebra, acompanhado das bênçãos da senhorita de Scuderi. Ricamente provido com o dote de noiva de Madelon, dotado ele mesmo de uma habilidade peculiar em sua profissão e, além disso, de todas as virtudes cidadãs, uma vida feliz e sem preocupações esperava pelo rapaz. Todas as esperanças que haviam iludido o pai até o túmulo acabaram se realizando para ele.

UM ANO HAVIA SE PASSADO DESDE A MUDANÇA DE OLIVIER Brusson quando foi dada a conhecer uma comunicação pública, assinada por Harloy de Chauvalon, arcebispo de Paris, e pelo advogado do parlamento Pierre Arnaud d'Andilly. Seu conteúdo dizia que um pecador arrependido havia entregado à igreja, sob o sigilo da confissão — daí o fato de não se poder revelar quem era —, um rico tesouro roubado, que constava de joias e pedras preciosas. Todo aquele que até por volta do final do ano de 1680 tivera uma preciosidade roubada, sobretudo por meio de um ataque assassino em via pública, deveria se apresentar a d'Andilly e, caso a descrição da joia roubada correspondesse exatamente a algumas das peças encontradas e de resto não houvesse nenhuma dúvida ante a legalidade da reivindicação, teria sua joia devolvida...

Muitos entre aqueles que na lista de Cardillac apareciam como não assassinados, mas apenas atordoados por um soco, passaram a se apresentar pouco a pouco diante do advogado do parlamento e receberam de volta, não sem manifestar grande surpresa, a joia que lhes havia sido roubada.

O resto passou a fazer parte do tesouro da igreja de Saint Eustache.

Glossário resumido

ARGENSON — Referência a Marc René de Paulmy, marquês d'Argenson, diretor da polícia de Paris.

BOILEAU — Autor francês (1636-1711), considerado por muito tempo um dos grandes clássicos franceses; ainda é tido como um crítico literário de alguma importância. Começou com sátiras agressivas, que fizeram dele o *enfant terrible* da literatura parisiense, e terminou com epístolas versificadas de fundo moral e filosófico. Foi amigo de Racine, Molière e La Fontaine e protegido de Luís XIV — o que ajudou a lhe garantir o classicismo e a eternidade. Debateu com Charles Perrault, que tentava se desvincular do modelo clássico, o que veio a desencadear a célebre *Querelle des Anciens et des Modernes*.

BOILEAU-DESPRÉAUX — Ver BOILEAU.

CARDILLAC — Nome emprestado a Voltaire, de seu livro *Le siècle de Louis XIV*, 1751. E. T. A. Hoffmann emprestou a maior parte dos nomes de sua novela a essa obra; tanto os históricos (d'Argenson, Bontems etc.) quanto os ficcionais (Brusson, Patru etc.)

CHAMBRE ARDENTE — Em francês, no original: "câmara ardente".

CLÉLIA — *Clélie*, romance em 10 volumes de mademoiselle de Scudéry. A ação da novela policial de E. T. A. Hoffmann se passa em 1680, mas o infindável romance de Scudéry foi escrito entre 1654 e 1660.

CONCIERGERIE — Prisão de Paris destinada a prisioneiros ainda sob investigação.

DESGRAIS — Assim como la Regnie e outros, personagem provavelmente inventado por E. T. A. Hoffmann, que trabalha de um jeito bem avançado com os ingredientes da realidade em sua ficção.

DOUTOR PERRAULT — Referência a Claude Perrault (1613-1688), médico e importante arquiteto, responsável, por exemplo, pelo esboço da fachada do Louvre; "arquitético" é um adjetivo irônico criado por E.T.A. Hoffmann (VER).

FONTANGE — Referência a Marie Angélique de Scoraille de Roussille, duquesa de Fontanges (1661-1681), amante de Luís XIV.

HARLOY DE CHAUVALON — Na verdade, Harlay de Chanvalon.

HENRIETTE DA INGLATERRA — Referência a Henriette Ann (1644 - 1670), filha de Carlos I, da Inglaterra, e mulher do duque Filipe de Orléans. Morreu aos 26 anos, supostamente envenenada por um favorito de seu esposo.

HOTEL DIEU — Hospital nas proximidades da catedral de Notre-Dame.

LA CHAPELLE — Referência a Jean de la Chapelle (falecido em 1723), secretário das finanças, escreveu algumas peças à maneira de Racine.

LA VALLIERE — Referência a Louise-Françoise de la Baume Le Blanc, duquesa de la Vallière (1644-1710). De 1661 a 1675, quando se tornou freira, foi amante de Luís XIV, posto que em seguida foi assumido pela Montespan (VER).

LA VOISIN — Referência a Catherine Deshayes, chamada la Voisin, quiromante francesa e especialista em venenos, nascida em

Paris em 1640 e executada na célebre e aliás mencionada *place de Grève* em 22 de fevereiro de 1680.

LE VRAIE PEUT QUELQUE FOIS N'ÊTRE PAS VRAISEMBLABLE — Em francês, no original: "O verdadeiro nem sempre precisa ser verossímil." Citação a *L'art poétique* de Boileau (VER).

LOUVOIS — Referência a François Michel le Tellier, marquês de Louvois (1641-1691), ministro da Guerra de Luís XIV, de grande influência em seu reinado.

LOUVRE — Castelo dos reis franceses. Passou a ser o conhecido museu de hoje apenas a partir de 1793. *Viva a Revolução!*

LUÍS — Antiga moeda de ouro francesa, cuja cunhagem principiou no reinado de Luís XIII (século XVII).

MAGDALEINE DE SCUDERI — Na verdade, Madeleine de Scudéry (1607-1701). Autora de uma série de romances de heróis que, na maior parte das vezes, apresentavam pessoas de sua época ocultas sob antigas máscaras. A senhorita, que na história de E. T. A. Hoffmann tem em torno de 73 anos, veio a falecer na provecta idade de 94 anos.

MARÉCHAUSSÉE — Tropa policial organizada, precursora direta da *Gendarmerie Nationale.* Foi fundada em 1373 por ordem real, com o nome de *Connétablie et Maréchaussée de France* e destinada a reprimir tumultos sociais. Aos poucos, foi assumindo atividades de polícia e de justiça. No governo de Luís XIV, a Maréchaussée foi incorporada à *Gendarmerie de France*, um regimento de cavalaria de elite imediatamente inferior à guarda real (*Maison du Roi*).

MARQUESA DE MAINTENON — Referência a Françoise d'Aubignée (1635-1719), esposa do escritor Paul Scarron (1610-1660), realista *avant la lettre*, que chegou a parodiar os romances de Scudéry. Depois da morte do esposo, Françoise d'Aubignée foi elevada a marquesa de Maintenon; cortesã, e, a partir de 1684, mulher de Luís XIV, o Rei Sol.

MONTANSIER — Na verdade, Montausier. Referência a Julie Lucine d'Angennes, duquesa de Montausier (1607-1671), que portanto já estava morta havia nove anos em 1680. Esposa do célebre duque de Montausier (1610-1690), este vivo à época em que se passa a novela de E. T. A. Hoffmann. A duquesa favoreceu os amores do rei e ajudou suas cortesãs em momentos de dificuldade.

MONTESPAN — Referência a Françoise Athénais, marquesa de Montespan (1641-1707), amante de Luís XIV depois de la Vallière e antes da marquesa de Fontanges.

PERRAULT — Ver DOUTOR PERRAULT.

POUDRE DE SUCCESSION — Em francês, no original. Nome irônico, "pó da herança", ou seja, pó que garante o posto desejado à sucessão.

PRAÇA DE GRÈVE — Famosa praça de Paris, às margens do Sena, hoje conhecida como *Place de l'Hôtel-de-Ville*, chegou a dar origem à palavra *gréviste* e por extensão à palavra "greve", por reunir os trabalhadores em protesto havia muito tempo. O nome *place de Grève* se devia, originalmente, ao terreno de cascalho (*graivers*) e de saibro. Em 25 de abril de 1792, a *Place de Grève* protagonizaria a primeira execução por guilhotina.

RACINE — Jean Racine (1639-1699), clássico francês, assaz admirado pela marquesa de Maintenon. A mistura entre personagens reais e ficcionais na novela de E.T.A. Hoffmann é grandiosa. Na verdade, ele conta a história de Olivier Brusson e sua Madelon, mas o faz em meio a um arcabouço de personagens reais. Mais ou menos o que o grande Marcel Proust faria um século mais tarde na *Recherche*.

SÃO DIONISO — *Heiliger Dionys*, no original; assim como outros nomes, escrito em (traduzido ao) alemão. Referência a Saint-Denis, também conhecido como são Dionísio, patrono de Paris.

SENHORITA DE SCUDERI — Ver MAGDALEINE DE SCUDERI.

SERON — Referência ao médico Charles Seron; chegou a ser suspeito de ter envenenado Louvois (VER).

TRIANON — Palácio destinado aos prazeres, no parque de Versalhes, e construído por Luís XIV em mármore rosa para a Maintenon. Foi inaugurado apenas em 1688, mais um anacronismo da novela de E. T. A. Hoffmann.

UN AMANT QUI CRAINT LES VOLEURS, / N'EST POINT DIGNE D'AMOUR — Em francês, no original. Traduzindo: "Um amante que teme os ladrões/não é digno do amor." No comentário à novela depois de contada, Sylvester — o "irmão" que a contou aos serapiônicos convivas, (ver POSFÁCIO) — diz que os versos são de fato da senhorita de Scuderi (Madeleine de Scudèry).

Cronologia Resumida de E. T. A. Hoffmann

1776 — Nasce, em 24 de janeiro, em Königsberg, hoje Kaliningrado, Ernst Theodor Wilhelm Hoffmann. Seus ancestrais, tanto do lado materno quanto do lado paterno, eram juristas. Era o mais novo de três filhos.

1778 — Os pais se separam e Hoffmann fica com a mãe, ao passo que o irmão mais velho fica com o pai (o do meio morre ainda criança). Passa a viver na casa da avó materna, onde ainda moravam duas tias e um tio, todos solteirões e dedicados à educação do sobrinho. Na mesma casa morou também o escritor Zacharias Werner com a mãe.

1786 — Conhece, no colégio em que estuda, um amigo para a vida toda, Theodor Gottlieb von Hippel. O amigo lhe daria apoio — inclusive financeiro —, conselhos e até o repreenderia, como se fosse um irmão mais velho. Mesmo em anos tardios, a amizade continuaria na troca de cartas. O amigo continuaria presente mesmo no leito de morte do escritor.

1792 — Seguindo a tradição familiar, começa os estudos de Direito em Königsberg. Mas já se dedica a escrever, a compor e a desenhar, inclusive dá aulas de música. Entre suas estudantes, estava Dora Hatt (1766-1803), quase dez anos mais velha do que ele e infeliz no casamento. O autor se apaixona mortalmente por ela.

1795 — Primeiro exame de Direito.

1796 — A situação com Dora tornar-se insustentável. Depois de nascido o sexto filho da amante, Hoffmann ainda descobre ter um concorrente e briga publicamente com ele aos olhos da sociedade de Königsberg. Dois anos antes, von Hippel já o aconselhara a abrir mão da relação, mas apenas agora — seguindo novo conselho do amigo — Hoffmann deixa sua cidade natal para morar em Glogau, com o tio, por cuja filha, Minna, sua prima, ele logo se apaixonaria.

1798 — Conclui o segundo exame de Direito com a nota "excelente". Pode escolher Berlim para fazer seu estágio obrigatório, já que o tio e a prima, de quem se tornara noivo, também haviam se mudado para a cidade. Logo em sua primeira passagem por Berlim, conhece Jean Paul, outro grande escritor alemão da época.

1800 — Só oito anos depois de iniciar o curso, faz seu terceiro e último exame, concluído também com a nota "excelente". Logo torna-se assessor do tribunal em Posen, hoje na Polônia. Na cidade, Hoffmann conhece a polonesa Maria Thekla Michalina Rorer-Trzynska (1781-1859).

1802 — Casa-se com Maria Thekla, depois de desfazer o noivado com a prima. No carnaval do mesmo ano, ajuda a desenhar as máscaras que satirizavam autoridades da cidade e oficiais prussianos. A brincadeira lhe custa uma transferência a uma cidadezinha menor e ainda mais distante no leste: Plotzk, a pedido do general von Zastrow.

1804 — Transfere-se para Varsóvia. A época é marcada pelas tentativas de se tornar um grande compositor. A atividade de jurista, no entanto, jamais sofreu as consequências da dedicação do autor à arte. Os boletins que falavam de seu trabalho de funcionário foram sempre elogiosos.

1805 — Muda o nome para E. T. A. (de Amadeus) Hoffmann, por admirar Mozart (Wolfgang Amadeus Mozart).

1806 — Conclui sua *Sinfonia em Mi Bemol Maior*. As tropas francesas invadem Varsóvia. A Prússia, então poder mandatário na cidade, é derrotada pelo exército de Napoleão e os funcionários prussianos de uma hora para outra se veem sem seus cargos. A opção era prestar juramento ao imperador francês ou deixar a cidade em uma semana. Hoffmann decide sair de Varsóvia.

1807 — A decisão de deixar Varsóvia representa uma opção pela arte. Enquanto a mulher e a filha de dois anos, Cäcilia, se mudam para Posen, Hoffmann tenta ganhar a vida em Berlim. Mas as coisas parecem não querer dar certo. Suas composições, admiradas em Varsóvia, são desprezadas, mas Hoffmann não desiste. Contrai sífilis com uma amante cujo nome não chegou a ser conhecido.

1808 — As dificuldades financeiras são grandes. Hoffmann escreve a von Hippel dizendo que vive a pão e água. É chamado para ser diretor de teatro em Bamberg. Muda-se com a mulher para a cidade do sul da Alemanha; a filha Cäcilia falecera pouco antes. Intrigas contra sua pessoa fazem com que perca o trabalho em Bamberg apenas dois meses depois de tê-lo principiado. Começa a carreira literária com a publicação da narrativa *Cavaleiro Ventura* (Ritter Glück).

1809 — Passa a escrever crítica musical para o jornal *Allgemeine Musikalische Zeitung*, de Leipzig, onde publicara *Cavaleiro Ventura*. É nessa época que desenvolve a figura do maestro Johannes Kreisler, seu alterego literário. Ele apareceria em várias das obras de E. T. A. Hoffmann, inclusive em *Vida e opiniões do gato Murr*, talvez sua obra-prima.

1810 — Torna-se ajudante de direção, diretor artístico e pintor decorativo no Teatro de Bamberg.

1811 — Escreve o balé *Arlequim*. Além disso, continuava dando aulas particulares de música. Apaixona-se tão perdidamente por Julia Marc (1796-1865), sua aluna, a ponto de todos perceberem e a mãe da moça se ver obrigada a casá-la às pressas e se mudar para Hamburgo. Julia passa a fazer o papel de criatura misteriosa e possibilidade perdida na obra de Hoffmann. Depois disso, nada mais o detém em Bamberg e, ao receber uma proposta para trabalhar como diretor musical com Joseph Seconda em Dresden e Leipzig, aceita-a.

1813 — Derrota de Napoleão na Batalha dos Povos, em Leipzig.

1814 — Rompe com Joseph Seconda. Após a vitória da Prússia sobre Napoleão, Hoffmann vê a possibilidade de voltar ao serviço público em Berlim. E. T. A. Hoffmann se torna amigo de escritores como Clemens Brentano e Adelbert von Chamisso.

1814-15 — Publica o ciclo de contos *Peças fantásticas à maneira de Callot* (Phantasiestücke nach Callots Manier).

1815-16 — Publica o romance *Elixires do diabo* (Elixieren des Teufels), um verdadeiro thriller, empolgante e arrebatador.

1816 — Sua ópera *Undine* é apresentada no Nationaltheater em Berlim.

1817 — Publica *Peças noturnas* (Nachtstücke). Sua fama, que já era grande, só faz aumentar.

1818 — Hoffmann manda uma breve carta a seu bibliotecário, pedindo obras que tratem da época de Luís XIV, o Rei Sol. As bases para a publicação de *A senhorita de Scuderi* estavam sendo lançadas.

1819 — Escreve a fábula *Pequeno Zacarias, chamado Cinóbrio* (Klein Zaches, genannt Zinnober).

1820 — A novela *A senhorita de Scuderi* é publicada no *Livro de bolso para o ano de 1820* (Taschenbuch für das Jahr 1820. Der Liebe und Freundschaft gewidmet). O sucesso é tão retumbante que faz o editor acrescentar cinquenta garrafas de vinho renano ao honorário do autor.

1819-21 — Publica *Os irmãos Serapião* (Die Serapionsbrüder), seguindo o modelo adotado por Boccaccio no *Decamerão*. No mesmo período surge aquela que talvez seja a obra-prima de Hoffmann. *A vida e as opiniões do gato Murr, mais a biografia fragmentária do maestro Johannes Kreisler* (Lebensansichten des Katers Murr nebst fragmentarischer Biographie des Kapellmeisters Johannes Kreisler).

1822 — Perde o emprego oficial por satirizar um superior no personagem Knarrpanti de *Mestre Pulga* (Meister Floh). A paralisia progressiva começa a tomar conta de seu corpo. Morre de insuficiência respiratória (advinda da paralisia geral) em Berlim, em 25 de junho.

Posfácio

Marcelo Backes

E. T. A. Hoffmann influenciou autores franceses do quilate de Victor Hugo, Baudelaire e Maupassant, russos do tamanho de Pushkin, Gogol e Dostoievski, americanos da estatura de Hawthorne e Edgar Allan Poe. Era admirado e louvado por alguns dos maiores escritores do século XIX, entre eles Heine, Balzac e Gautier, e conheceu de perto Adelbert von Chamisso, Clemens Brentano e Friedrich de la Motte Fouqué.

Se Freud se ocupou intensamente de sua obra, sobretudo do conto "O homem de areia", se foi imitado por autores no mundo inteiro, E. T. A. Hoffmann ainda ecoaria em um clássico como *Max Havelaar*, do holandês Multatuli, e na concepção romanesca de um autor contemporâneo como Ingo Schulze, que em sua obra-prima *Vidas novas* trabalhou com a mesma estrutura — aliás avançadíssima — d'*O gato Murr*. Em *Sobre a essência do riso*, Baudelaire chamou a novela *A princesa Brambilla* de "um catecismo de alta estética" e até um dos maiores escritores do século XX, Franz Kafka, tem a ver diretamente com a obra de E. T. A. Hoffmann.

A vida

Ernst Theodor Amadeus Hoffmann (1776-1822) — batizado com o nome de Ernst Theodor *Wilhelm*, trocado por *Amadeus* em homenagem a Mozart — nasceu na pátria iluminista de Immanuel Kant, em Königsberg, na Prússia (hoje Kaliningrado, província da Rússia), e morreu em Berlim. Descendente de juristas tanto pelo lado materno quanto pelo lado paterno, Hoffmann estudou Direito e seguiu a carreira jurídica. Mais novo de três filhos, o poeta foi educado pela família da mãe, burguesa e severa, depois da separação dos pais, quando tinha apenas dois anos de idade.

E. T. A. Hoffmann atuou em vários cargos burocráticos. Para se salvar das pendengas monetárias quando enfrentava problemas de emprego, dava aulas de música, e foi na condição de professor que conheceu sua primeira grande paixão, Dora Hatt, quase dez anos mais velha, casada, mãe de cinco filhos. Depois do nascimento do sexto filho de Dora, a situação de Hoffmann em Königsberg se complicou com a descoberta de um rival chamado às falas, e o autor deixou a cidade, indo morar em Glogau, onde ficou hospedado na casa do tio e acabou se apaixonando pela prima Minna, de quem se tornou noivo mais tarde. Depois de passar por Berlim, onde veio a conhecer o grande escritor Jean Paul, foi transferido a Posen (hoje a cidade polonesa de Poznan). Lá conheceu Maria Thekla Michalina Rorer-Trzynska, com quem se casaria em 1802, após dissolver o noivado com a prima.

Depois de mais um punhado de transferências, uma delas devida ao fato de satirizar a nobreza dominante em um carnaval (desenhando suas caricaturas, transformadas em máscaras), E. T. A. Hoffmann chegou a Varsóvia. Lá entrou em contato direto com as tendências românticas de sua época por meio de Zacharias Werner — representante do romantismo alemão no que ele tem de pior — e seu fatalismo exacerbado e mistificante, ao qual o autor jamais viria a sucumbir. Depois de perder o emprego por se negar a servir ao império de Napoleão quando as tropas francesas invadiram Varsóvia passando por cima do exército prussiano, Hoffmann atuou como músico por algum tempo, tornando-se diretor de orquestra em cidades como Bamberg e Dresden. Com a vitória da Prússia sobre Napoleão, pôde retornar ao serviço estatal. Hoffmann voltaria a trabalhar na área da justiça e em 1816 se tornaria juiz da Corte de Apelação em Berlim. Enfim conseguiria realizar seu antigo sonho de viver na cidade, onde permaneceu, exercendo a profissão até a morte, em 1822, depois de uma paralisia — provavelmente advinda da sífilis contraída de uma de suas várias amantes — que foi tomando conta de seu corpo.

A obra

E. T. A. Hoffmann não titubeava em transformar as causas jurídicas com que lidava em material satírico e fantástico para sua ficção e chegou a ser perseguido pelo Estado por causa disso. Não se pode dizer, no entanto, que era revolucionário, que tinha algo contra os órgãos estatais, até porque era parte deles. Apesar dos deslizes creditados a sua necessidade de sarcasmo, e de jamais fazer salamaleques diante da autoridade, Hoffmann foi sempre um funcionário exemplar. O que ele não aceitava era o satrapismo, o amor-próprio exacerbado de quem se assenta na peanha do poder. Até mesmo sua paralisia, ao fim da vida, é registrada em *A janela de esquina do meu primo* (Des Vetters Eckfenster).

Na novela, escrita no ano de sua morte, um narrador ficcional fala do primo vítima de paralisia; o isolamento daí decorrente adquire valor objetivo ao metaforizar a situação do escritor, sempre à parte na sociedade, eternamente obrigado — sobretudo por circunstâncias de ordem íntima — à vida de outsider. A ironia e o amargor de Hoffmann acabam por dar caráter objetivo àquilo que é subjetivo, por conferiu vigor público ao sentimento privado. Sua imensa capacidade de observação é tingida de sarcasmo, e poucos autores navegaram com tanta desenvoltura no rio caudaloso que leva de uma percepção (diferenciada da realidade) ao conhecimento (da mesma realidade).

Além de escritor brilhante, Hoffmann era desenhista, crítico musical e compositor. Seu alterego artístico, o maestro Johannes Kreisler — celebrizado na obra para piano *Kreisleriana*, de Robert Schumann —, foi criado na época em que passou a trabalhar como crítico musical. Tanto essa atividade quanto seu balé *Arlequim* e a ópera *Undine*, apresentada no Teatro Nacional de Berlim, contribuíram para a fama do escritor.

Sua carreira literária começou em 1814 com a publicação de *Peças fantásticas à maneira de Callot* (Phantasiestücke nach Callots Manier), um ciclo de contos. Logo depois veio o romance *Elixires do diabo* (Elixieren des Teufels), um verdadeiro thriller, empolgante e arrebatador. Fundamentado na realidade, como toda a obra de E. T. A. Hoffmann — apesar de seu caráter fantástico —, o romance trata das sociedades secretas que proliferavam à época e conduziam o destino de indivíduos abandonados à sua força estranha e de matizes malignos. O terrível, o sinistro e o misterioso, desde o princípio, não são apresentados por sua mera atração temática na obra de Hoffmann, mas sim para dizer de forma mais precisa algo "indizível" acerca da realidade.

O prestígio alcançado com essas obras e com uma série de histórias curtas e anedotas publicadas em jornais e revistas — Hoffmann era um mestre no gênero — tornou-se ainda maior com a publicação de mais uma série de livros, entre eles *Peças noturnas* (Nachtstücke) e *Os irmãos Serapião* (Die Serapionsbrüder), obra que se situa na esteira da tradição inaugurada por Boccaccio no *Decamerão*. A marca principal desses livros? A confusão angustiante entre o sono e a vigília, entre a vida real e o sobrenatural; os personagens estranhos e sinistros que irrompem na vida cotidiana de seres humanos comuns, marcando-os indelével, profunda e decisivamente.

Adiantada em relação a seu tempo, a obra de E. T. A. Hoffmann apresenta várias características bem contemporâneas. Em "As aventuras da noite de São Silvestre" — que bebeu da fonte do *Peter Schlemihl*, de Chamisso, publicado um ano antes, em 1814 —, o pós-escrito do "entusiasta viajante", narrador da obra, é dirigido ao "querido amigo Theodor Amadeus Hoffmann". A dedicatória inventa uma distância do autor em relação a sua obra que é absolutamente moderna e já assinala para um narrador pouco confiável, que deixa de ser definitivamente o representante da voz do autor. Uma estratégia que Machado de Assis usaria — na distância do Brasil — quase um século mais tarde em seus romance e que Ingo Schulze continuaria aperfeiçoando — na proximidade da Alemanha — quase dois séculos depois de Hoffmann.

Uma das derradeiras obras de E. T. A. Hoffmann foi o romance de título quilométrico *A vida e as opiniões do gato Murr, mais a biografia fragmentária do maestro Johannes Kreisler* (Lebensansichten des Katers Murr nebst fragmentarischer Biographie des Kapellmeisters Johannes Kreisler). O romance assinala a volta de Johannes Kreisler como personagem importante da obra de Hoffmann. No romance, as histórias do gato

Murr e do maestro Kreisler acabam se confundindo e se entrelaçando. Aliás, a biografia de Kreisler — que o gato Murr utiliza como papel de rascunho para esboçar sua própria história — acaba sendo impressa pelo tipógrafo apenas por engano no romance do gato. *A vida e as opiniões do gato Murr* ainda é uma espécie de paródia assaz divertida do "romance de formação", já que Murr vive uma amizade formadora com o poodle Ponto, vivencia um "amor formador de personalidade" com a gata Miesmies, passa por experiências fundamentais ao seu desenvolvimento quando estudante, busca reconhecimento no "grande mundo" dos cães, e por fim se retira a uma existência pacífica de *homme de lettres*. Quanto essa estrutura é semelhante, por exemplo, à do maior clássico holandês de todos os tempos — *Max Havelaar*, de Multatuli* — o leitor brasileiro poderá constatar em breve.

O caráter avançado da obra de E. T. A. Hoffmann acabou registrando o princípio da destruição de um eu que ainda se almejava unívoco, de uma consciência que ainda se queria una. A confusão do sujeito o leva à loucura e assinala a dissolução da identidade, o que se reflete, em última instância, na aparição "factual" do duplo, um tema caro ao autor. "O homem de areia", publicado nas *Peças noturnas*, talvez seja a obra mais conhecida de Hoffmann, aquela que alcançou uma divulgação mais extensa. No conto, a experiência irracional com o demoníaco, assim como a dissolução da identidade, é registrada de maneira tão profunda e assinalada de modo tão convincente que Freud se ocupou extensivamente da história em seu texto "O estranho" (ou "O sinistro", *Das Unheimliche*, de 1919). Nathanael (o "presen-

* O romance será publicado em breve nesta mesma coleção.

te dos deuses", que traz no nome tanto a vida, natal, quanto a morte, thanatos) vê em Coppola-Coppelius "o princípio do mal", o representante das "forças obscuras", o "demoníaco", enquanto Clara (a clara, a lúcida), sua noiva, vê nele apenas o "fantasma do próprio eu", ao qual tão só a crença cega de alguém é capaz de conceder poder sobre sua alma.

As obras ficcionais de E. T. A. Hoffmann inspiraram obras musicais a vários grandes compositores, entre eles Tchaikovski (com o balé *O quebra-nozes*), Offenbach (com a ópera fantástica *Os contos de Hoffmann*, sua obra mais conhecida e talvez mais madura e elaborada), o já citado Schumann e Delibes. Embora tenha sido importante na música, Hoffmann — ele mesmo se considerava mais compositor do que escritor — foi ainda mais importante na literatura. Dentre os românticos alemães, foi o escritor que mais influenciou a literatura universal de seu tempo. Na condição de precursor do moderno conto de terror, superou em muito, pelo humor e pelo realismo fantástico, os limites do gênero. As obras de Hoffmann são cheias de acontecimentos sinistros, de encontros com o demônio, de reviravoltas pressagiosas. Virtuosamente, o autor jamais responde a pergunta acerca da fantasmagoria apresentada; se foi real ou apenas uma quimera da personagem em questão. Sempre fundada na realidade, sua obra registra o medo de seus contemporâneos diante dos avanços da técnica, o temor de um público fascinado e temeroso diante do desenvolvimento dos autômatos.

Seus fantasmas e demônios são, assim, espectros irrompendo na realidade cotidiana, e revelam uma visão peculiar, na qual o sobrenatural se choca com a realidade do dia a dia a fim de esclarecer melhor o absurdo dessa mesma realidade. Vem daí a grande influência alcançada pelo "mestre do sinistro", conforme o epíteto criado por Freud.

Os ecos de E. T. A. Hoffmann chegam inclusive a Kafka, um dos autores mais representativos do mundo moderno e administrado. Não contados os paralelismos biográficos, assim como Hoffmann, Kafka usou o grotesco para revelar verdades ocultas, fez do ridículo uma arma para representar artisticamente o desumano. Uma narrativa como *A metamorfose* é absolutamente realista, na medida em que até seu conteúdo absurdo é apresentado de forma lógica, objetiva e minuciosa. O filho dos Samsa acorda transformado em um gigantesco inseto e a vida continua sem mais, exatamente como era antes; ninguém questiona a "transformação", todos a aceitam e passam a tentar conviver com ela, na medida do possível. A primeira preocupação do próprio Gregor, apesar da catástrofe que se abate sobre ele, é como vai justificar o atraso no emprego; e sua família burguesa segue o caminho para a ruína, expondo as relações de dependência e exploração às quais está submetida e tentando lidar da melhor maneira possível com elas a fim de sobreviver.

Repetindo e levando E. T. A. Hoffmann adiante, Kafka aponta para o inconsciente de um personagem revoltado com sua situação material, que lhe concede feições "objetivas" grotescas porque apenas elas são capazes de caracterizar a intensidade de seu sofrimento subjetivo. É como se apenas o rosto de inseto fosse capaz de dar a medida real do estado anímico absolutamente precário em que se encontra Gregor Samsa. A realidade parece exigir um dado irreal para alcançar o verdadeiro tamanho de seu absurdo, e o mundo — é o que E. T. A. Hoffmann não cansa de ensinar — parece exigir o iluminismo da escuridão para se revelar com mais clareza.

A senhorita de Scuderi

A senhorita de Scuderi é a primeira novela policial da história da literatura alemã. É diversão pura, e muito mais do que isso.

Surgiu como obra autônoma, em 1820, e mais tarde foi publicada no terceiro volume — são quatro, ao todo — de *Os irmãos Serapião*, o *Decamerão* de E. T. A. Hoffmann. Um punhado de amigos se encontra no dia de são Serapião e, interessados todos por questões artísticas, contam histórias uns aos outros (as novelas de Hoffmann) e as comentam em seguida. A história que abre a coletânea é a do próprio Serapião, um louco incapaz de diferenciar o que é ilusão do que é realidade, que por muito tempo foi confundido com são Serapião, o asceta dos desertos líbios.

Entre as conquistas da coletânea, o assim chamado "princípio serapiônico", que prevê a visão e a revisão do autor antes de a novela ser contada. Segundo o princípio, o autor é considerado um visionário, o anunciador dos nexos ocultos existentes entre dois mundos, um ente que se move entre o sonho e a vigília e assume a posição de mediador entre realidade e fantasia, entre física e metafísica, entre humano e divino — ou diabólico.

No calhamaço de *Os irmãos Serapião*, a novela *A senhorita de Scuderi* é contada por Sylvester, que diz ter se aproveitado da *Crônica da cidade de Nurembergue* (Chronik der Stadt Nürnberg), de Johann Christoph Wagenseil, para caracterizar sua personagem-título. Antes de principiar, ainda alega que vai narrar uma história da época referida por Voltaire em *Le siècle de Louis XIV*, algo que é indicado também no subtítulo da novela: "Uma narrativa da época de Luís XIV". O tempo, mais exatamente, é o ano de 1680; o espaço restrito é a cidade de Paris.

Que é do enredo, basicamente?

Uma sonora visita noturna, devida a circunstâncias desvendadas aos poucos, leva a senhorita de Scuderi, famosa escritora de provectos 73 anos e incontáveis obras, a investigar uma série de crimes. As vítimas são sempre homens da nobreza que levam joias de presente a suas amantes. Antes de realizar seu intento, eles são mortos com uma punhalada — e as joias desaparecem.

A narrativa vai se desenrolando aos poucos, em meio a flashbacks e histórias paralelas que são levantadas como pilares dispostos a fim de sustentar a estrutura da novela. As revelações são surpreendentes e o fôlego do leitor envolvido quase tropeça, tão vertiginoso é o estilo. O ambiente é sufocante: uma Paris se revolvendo nas trevas do crime, cheia de castelos, aposentos e carruagens, perucas, pós e paetês.

Há várias personagens reais atuando no livro, a começar pela própria senhorita de Scuderi, a escritora Madeleine de Scudéry (1607-1701), autora de uma série de romances de heróis que, na maior parte das vezes, apresentavam pessoas de sua época ocultas sob antigas máscaras. O Rei Sol, Luís XIV, também comparece em pessoa, assim como Racine, Boileau e la Chapelle, este último um escritor amador, que sobe ao palco da novela para apresentar uma peça em que imitava — e julgava poder superar — o grande clássico de sua época, o referido Racine. Em um momento de grande ironia, a Scuderi lê um poema ao rei, que, admirado, diz que Boileau por certo encontrou seu mestre e que o poema da Scuderi, portanto, era "o mais espirituoso e engraçado que já foi escrito".

Vários outros nobres mencionados por E. T. A. Hoffmann na novela também existiram de fato (ver GLOSSÁRIO), entre eles a marquesa de Maintenon, esposa do escritor Paul Scarron. Era nos aposentos da marquesa que o rei costumava passar várias horas de seu dia, em uma época em que ela ainda não havia se tornado sua esposa, o que viria a acontecer apenas em 1684. Se de fato foi assim — a novela se passa no ano de 1680 — pouco importa, o que vale é a sábia e visionária impertinência de Hoffmann, que além disso apresenta a duquesa de la Valliere, a marquesa de Montespan e a marquesa de Fontanges, todas amantes do rei antes de a Maintenon se tornar sua esposa. O mesmo mundo cortesão ecoaria em uma das maiores obras do século XX: *Em busca do tempo perdido*, de Marcel Proust.

A preocupação de E. T. A. Hoffmann não é exatamente a realidade dos fatos, e em toda inverossimilhança é possível especular um chiste. Logo no início do livro, um personagem diz que a Scuderi deve ter acabado de botar de lado o manuscrito de seu romance *Clélia*. Ora, mas os dez volumes — sim, dez volumes! — do referido romance haviam sido publicados entre 1654 e 1660. E a ação do romance, conforme já foi dito, se passa em 1680. Quem sabe Hoffmann — ou pelo menos seu personagem — não "pensou" que a senhorita não teria sido capaz de terminar um romance de tal envergadura em tão pouco tempo, e ainda se ocupava dele vinte anos depois...

Em meio aos personagens reais, investiga-se uma história que envolve personagens ficcionais: um procedimento mais uma vez avançado, que um século depois também seria adotado por Proust na *Recherche*. Olivier Brusson e Madelon provavelmente jamais tenham existido, assim como Cardillac é um nome meramente emprestado ao já referido livro de Voltaire. Mas a história dos personagens ficcionais é tão robusta, demonstrou tanto vigor representativo, que a psicologia chegou a cadastrar a "síndrome de Cardillac" em homenagem a E. T. A. Hoffmann e sua novela. O ourives Cardillac não consegue se libertar de suas joias, e seu "caso" serviu para batizar uma síndrome típica dos artistas. Para sobreviver, os artistas precisam passar suas obras de arte adiante. Mas isso muitas vezes é difícil, já que elas apresentam partes fundamentais de sua identidade. Assim como Cardillac não queria que outros se exibissem com suas joias, e por isso matava o comprador a fim de recuperá-las, quantos artistas não compram suas obras de volta, quantos jamais conseguem vendê-las ou publicá-las ou sofrem muito com isso? A síndrome de Cardillac...

Mas a força da novela de E. T. A. Hoffmann no atacado continua visível no varejo. As pérolas de várias informações são jogadas ao léu para que o leitor atento as transforme em um colar perfeito. Na maior parte dos diálogos, a narrativa — que manifesta alguns elementos nítidos de oralidade — volta ao presente, dando um caráter extremo e realista de aqui e agora àquilo que no flashback passeou doidamente pelas florestas mais negras da fantasia. O assassino, bem antes de ser descoberto, é descrito como capaz — pelo menos fisicamente — das ações que comete, apesar da idade. É a tossidinha na página 15 daquele que vem a morrer de tuberculose na 120. O estilo, ademais, é nobre, e o vocabulário rico, muitas vezes até ironicamente empolado. Vários exemplos de palavras pouco usuais no Grosser Duden (por exemplo *Blende* no sentido de "arcada" e *verwogen* no sentido de "arrojado") apresentam frases de *A senhorita de Scuderi*. O uso do artigo definido antes de alguns dos nomes, além de dar a esses nomes quase a marca de um título, é mais um índice de ironia — de intimidade irônica.

Muitos trechos chocam pelo caráter contemporâneo: "Vários meses haviam se passado quando o acaso quis que a senhorita de Scuderi passasse pela Pont Neuf na carruagem de vidro da duquesa de Montansier. A invenção da carruagem de vidro ainda era tão recente que o povo, cheio de curiosidade, se acotovelava quando um coche do tipo aparecia na rua." O mundo continua igual depois de mais de 300 anos; ou depois de quase 200, se quisermos ficar com o tempo da escrita e não com o da narrativa.

A sabedoria psicológica de outros arremates prova mais uma vez que a novela foi escrita pelo autor de "O homem de areia" e tantas outras histórias fundamentais: "Anne ainda escrevera algumas vezes a sua mãe adotiva, mas depois silenciou, e esta foi obrigada a acreditar que a vida feliz na cidade natal de Brusson não permitia mais que a lembrança dos dias passados continuasse aflorando." Só a necessidade move o homem à invocação do semelhante, a lembrar do bem que este um dia lhe fez...

Em dado momento, um anúncio do rei Luís XIV parece antecipar Kafka, mostrando mais uma vez o parentesco entre E. T. A. Hoffmann e o escritor tcheco: "mesmo aquele que é protegido pela própria ventura parece não estar seguro diante de acusações infames, diante da *Chambre ardente* e de todos os tribunais do mundo!" O rei se referia ao processo, ao processo de Olivier Brusson. Em outro trecho — e se trata apenas de um exemplo — é registrada a filosofia profunda de uma constatação: "Assim como acontece com o espírito humano, que procura com insistência as cores para pintar uma imagem que lhe ocorre e não apenas acaba encontrando-as como também elas vão ficando mais e mais berrantes, a Scuderi agora também achava que, analisando todas as circunstâncias do crime e o comportamento de Madelon em seus mínimos detalhes, havia muito que alimentava aquela suspeita. E, assim, algumas das coisas que até agora lhe pareciam provas da inocência e da pureza da mocinha se transformaram em sinal garantido de uma maldade insidiosa, de uma hipocrisia estudada. Aqueles lamentos que arrebentavam seu coração, as lágrimas sangrentas poderiam muito bem ter sido arrancadas ao medo da morte, à vontade de não ver o sangue do amante, sim... e até ao temor de sucumbir ela mesma debaixo da mão do carrasco."

E, assim, tudo depende do ponto do vista, um fato tem sempre mais de uma versão, e um crime, várias maneiras verídicas de ser "solucionado". O que importa mesmo é o poder da narrativa, capaz até de suplantar o poder do narrador. E é esse um dos ensinamentos decisivos da novela de E. T. A. Hoffmann. A senhorita de Scuderi, Sherazade rediviva, só conseguirá salvar aquele que fora seu filho adotivo se comover um rei absolutista a ponto de conseguir um indulto para o condenado, já que este não pode se defender e revelar que é inocente, pois do contrário a noiva amada descobrirá que o pai era um assassino reles e infame. Para isso, resta à Scuderi apenas uma carta na manga: adotar uma estratégia sublime e contar bem sua história a Luís XIV. As condições não são favoráveis: o rei não quer nem ouvir falar do caso, já que o considera resolvido e odeia o assassino hediondo que por tanto tempo perambulou impune na capital de seus domínios.

A senhorita de Scuderi se veste com capricho, estuda o cenário com cuidado e solta a língua. Usando as joias de Cardillac, chama a atenção do rei e encontra a deixa perfeita para principiar. Sua narrativa é tão vivaz e empolgante que o rei se comove e decide rever sua opinião. É o jurista E. T. A. Hoffmann, escritor de primeira, mostrando — na teoria e na prática — como a arte de narrar pode ser poderosa...

Sobre o organizador e tradutor

Marcelo Backes é escritor, professor, tradutor e crítico literário. Mestre em Literatura Brasileira pela Universidade Federal do Rio Grande do Sul, doutorou-se aos 30 anos em Germanística e Romanística pela Universidade de Freiburg, na Alemanha, uma das mais tradicionais e antigas da Europa, a mesma em que Heidegger foi reitor.

Natural do interior de Campina das Missões, na hinterlândia gaúcha, Backes supervisionou a edição das obras de Karl Marx e Friedrich Engels pela Boitempo Editorial e colabora com diversos jornais e revistas no Brasil inteiro. Já conferenciou nas Universidades de Viena, de Hamburgo e de Freiburg, em Berlim, Frankfurt e Leipzig, no Rio de Janeiro, em São Paulo, Fortaleza e Porto Alegre, entre outras cidades, debatendo temas das literaturas alemã e brasileira, da crítica literária e da tradução.

É autor de *A arte do combate* (Boitempo Editorial, 2003) — uma espécie de história da literatura alemã focalizada na briga, no debate, no acinte e na sátira literária —, prefaciou e organizou mais de duas dezenas de livros e traduziu, na maior parte das vezes em edições comentadas, cerca de 15 clássicos alemães, entre eles obras de Goethe, Schiller, Heine, Marx, Kafka, Arthur Schnitzler e Bertolt Brecht; ultimamente, vem se ocupando também da literatura alemã contemporânea, e de autores como Ingo Schulze, Juli Zeh e Saša Stanišic, entre outros, que não apenas traduz, mas inclusive apresenta a editoras brasileiras e depois prefacia e comenta em ensaios e aulas.

Entre 2003 e 2005, Marcelo Backes foi professor na Albert-Ludwigs-Universität em Freiburg, onde lecionou Teoria da Tradução e Literatura Brasileira. Sua tese de doutorado, sobre o poeta alemão Heinrich Heine (*Lazarus über sich selbst: Heinrich Heine als Essayist in Versen*), foi publicada em 2004, na Alemanha. Em 2006, publicou *Estilhaços* (Editora Record), uma coletânea de aforismos e epigramas, sua terceira obra individual e sua primeira aventura no âmbito da ficção. Em 2007, publicou o romance *maisquememória* (Editora Record), no qual adentra livremente o terreno antigo da narrativa de viagens, renovando-a com um tom picaresco de recorte ácido e vezo contemporâneo; o romance teve os direitos comprados pela editora Mlada Fronta, da República Tcheca. Em 2010 a mesma Editora Record publicou *Três traidores e uns outros*, romance em quatro episódios. Backes também já foi publicado na França (ensaio), na Alemanha (livro) e na Espanha (poema).

Desde 2010, organiza e traduz, também para a editora Record, *As grandes obras de Arthur Schnitzler*. No mesmo ano de 2010, foi Translator in Residence da Academia Europeia de Tradutores, a representação diplomática da entidade, por três meses, e também no ano de 2010 foi bolsista da Akademie der Künste de Berlim, uma das casas mais importantes do mundo no gênero.

Este livro foi composto na tipologia The Serif Light,
em corpo 10/15, e impresso em papel off-white 80g/m²
pelo Sistema Cameron da Distribuidora Record
de Serviços de Imprensa S.A.